行動代號：兔子

래빗

高慧瑗——著

葛瑞絲——譯

目次

第一部

第二部

備註：

本故事是以真實史實為題材重新創作而成。

在韓戰時期，
有一群少女情報員，
她們被稱為「兔子」。

第一部

01 白兔和紅色果實

紅珠的村莊後山，夏天

又撲空了。

紅珠的網袋裡只有幾株普通的廉價藥草。盛夏的山上，汗流浹背的紅珠氣餒地往山下走去，就在那時，伴隨著沙沙的聲響，一隻白兔出現了，牠那雙紅色的眼睛晶瑩剔透，似乎正在等待紅珠的到來。紅珠被那雙紅眼睛吸引，小心翼翼地靠近，距離白兔只剩約一個手掌的距離時，白兔咻地一下子跑進了樹林裡。紅珠不甘心，開始追起了白兔，粗糙的樹梢輕輕劃過紅珠的臉頰。白兔越跑越快，紅珠也不停地看著白兔尾巴奔跑。在樹木密布的深山中，似乎只聽得見紅珠大聲喘氣的呼吸聲。紅珠跑到心臟彷佛要跳出胸膛，才勉強與逃跑的白兔拉近距離，相隔僅三步左右。雖然這裡已經離村子越來越遠了，但紅珠的腳步似乎違背了自己的意志般，不停往前邁進。在追逐白兔的過程中，最後迎面而來的是跟白兔紅眼珠一樣鮮紅的果實。

看到那些在綠葉間隙閃閃發光的鮮紅果實後，紅珠忍不住懷疑自己的眼睛——真是久違的幸運。此時，紅珠已不再關心一頭栽進樹叢的白兔，反而看向這些玲瓏的紅色果實，情不自禁地開始眼饞。

紅珠心想：「只要有一根山參，今天晚餐就能吃得很豐盛，而且還可以去買妹妹東珠想吃的風糕」。紅珠興奮地朝著樹林，向已經消失的白兔九十度彎腰鞠躬，感謝牠把自己送到山參面前。

「原來您是山神啊！我竟然認不出神明您，看來是我一時間搞不清楚狀況，請原諒我的無禮。非常感謝您今天施予的恩惠！」

紅珠幾番的道謝聲傳遍整個山林。這是紅珠在擔任採參人時學到的禮儀。即使衣服破爛、披頭散髮、渾身沾滿泥土，還是要有禮貌。這山上哪樣東西不是從土裡長出來的呢？無論是紅珠在剛開始做採參人的時候，還是第一次發現山參的時候，她都反覆謹守這樣的禮儀，也就是「不能隨便搶走別人的東西」的真理。這是在紅珠小時候就離家、至今仍生死未卜的父親留給紅珠的遺產。

紅珠加快腳步走向紅色果實所在的位置，同時哼起了歌。這玲瓏的紅色果實，紅珠不知已經盼望了幾個月。為了不傷到這些寶物，紅珠小心翼翼地掘土，她控制著指尖的力道，一點一點地撥開泥土，要是太急，就會傷到珍貴的根。紅珠再三提醒自己要保持冷靜。雖然是汗如雨下的夏天，但是至少這一瞬間，炎熱對紅珠來說算不了什麼。她溫柔且慎重地挖出一根山參後，一眼就認出那是超過七年的山參。中頭獎了！紅珠開心地把山參放進網袋裡。光是這根山參就足以讓她感受到心靈的豐盛。

「沒錯，這就是有錢人的心情，彷彿倉庫有好幾袋米……。」

這時，先前消失的白兔再次出現在紅珠面前。不，現在應該要稱牠為「兔子大人」。紅珠再度九十度彎腰鞠躬表達感謝，這種大小的山參值得好幾次的道謝。兔子大人歪著頭，彷彿接受了紅珠的道謝，然後又立刻跑開。紅珠緊跟其後，說不定還有其他山參！她喘著氣緊跟在兔子大人身後，最後來到接近山頂的懸崖邊。

兔子大人明明是往這個方向跑來的，然而紅珠在懸崖上左顧右盼，連一根白兔毛也找不到，不過，紅珠確實很久沒有爬上山頂俯瞰自己的村莊了，懸崖上涼爽的風冷卻了她身上的汗，紅珠望向和平的村莊笑著。能讓她忍受艱苦時期的就是這些：熱呼呼的飯菜、媽媽的笑容、妹妹的歌聲、沁涼的冰塊……上次放心地笑是什麼時候呢？紅珠看向自己破舊的衣袖想著，到底什麼是閒暇，怎麼會讓人如此放鬆？

打斷紅珠想法的，是掠過山頂的飛機所發出的巨響，山中所有的聲音都被飛機發出的巨大聲音給掩埋。紅珠望向天空，這是她人生中第一次親眼見識到「飛機」這個物體。

紅珠下定決心，一定要將飛機的外觀描述給東珠聽，於是她睜大眼睛，仔細觀察這個由白色鐵板包覆著的所謂的「飛機」。

「原來這就是傳說中的飛機啊！那麼重的東西怎麼能在天上飛呢？」

紅珠向掠過頭頂的飛機揮舞著手臂，大聲地喊著「再見！」沒想到，那架飛機經過山頂後，竟然在紅珠村莊上空投下了炸彈，這一切發生得非常突然，原本還笑得很開心的紅珠，表情在一瞬間立刻變得僵硬。

紅珠想起不久前隱約聽到的傳言——戰爭造成了很多人死亡，難民們正往南遷移——她原本只當作是發生在另一個世界的事。炸彈爆炸時發出巨響，村子頃刻間變成一片火海，掠過村莊的飛機已不復見。先前聽到的傳聞在紅珠身上成了真實發生的情況。

眼淚奪眶而出。紅珠臉上混雜著淚水和汗水，以凝重的表情迅速往山下跑去。

這是1950年的夏天。

02

需要少女們

韓國戰爭參謀會議室，夏天

不知道是酷暑讓人疲倦，還是長時間的會議讓人疲倦，坐在會議室裡的美軍和韓軍都淡淡地嘆了一口氣。漫長會議的最後一個議案是由美軍第８２４０部隊ＫＬＯ部隊[1]的崔大熙少校報告。

「最後，我們需要少女來擔任ＫＬＯ部隊的情報隊員。」

這句話讓在場的所有人大驚失色，怎麼會突然提到少女呢？同屬ＫＬＯ部隊的姜智遠少尉也滿臉狐疑，無法理解這話的涵義。崔大熙少校似乎享受著眾人驚慌的表情和氣氛，然後慢慢地接著說：

「現在我們已經是籠中鳥，至少得做點什麼，不是嗎？不管用什麼方法，一定要贏得這場戰爭！所以需要少女。我們現在需要能走遍敵營的情報員、不會受到任何懷疑的情報員。在戰爭中誰會懷疑小女孩呢？反而會保護她，不是嗎？少女才是最有效的情報員。」

翻譯兵們迅速翻譯崔大熙少校說的話，美軍司令官們紛紛點頭表示同意，因為之前在其他國家的戰爭中也曾出現過少女情報員，其結果也非常成功，而其他司令官聽了崔大熙少校的話後也只能接受。在擔當情報員方面，聯軍的人種不同

1　韓戰期間，美軍組成編號第８２４０號的ＫＬＯ（Korean Liasion Office，韓國聯絡事務所）部隊，主要負責執行偵察、情報蒐集以及滲透敵軍防線等特殊任務。ＫＬＯ部隊並非正規軍的一部分，也未被編入正式的軍籍。

且又是年輕男性，正是敵軍最警惕的類型。「最有效的情報員」這句話在戰爭中顯得非常合適。當大家紛紛點頭同意時，有一個人提出反對意見，他的聲音震撼全場。

「即使如此，我們也不能讓沒有受過正規軍事教育的小女孩參加危險的作戰。少校不是也說過了嗎？敵軍不會懷疑少女，而是會保護她們，我們也應該保護她們才對。」

在這種氛圍下依然提出反對意見的人是姜智遠少尉。光看他的短髮、黝黑皮膚和坐姿，便可以知道他從骨子裡就是一名軍人。他的父親是獨立軍，雖然從小父親就離家，跟父親分開的時間比相聚的時間還要長，但他們身上流著同樣的血。父親是獨立軍，而智遠從小在咸鏡道長大，因此他也可以偽裝成北韓軍人[2]。他以冷靜而理性的判斷為基石，作戰屢次獲得成功，是KLO部隊中最活躍的情報隊員之一。崔大熙少校目不轉睛地盯著智遠那雙明亮的黑色眼眸，似乎有什麼不滿，然後抬起一邊的眉毛；相反地，智遠的眉毛卻是一直線的。

「聽說少尉有個妹妹。如果想在戰爭中保護妹妹，那該怎麼辦呢？」

從崔大熙少校口中聽到「妹妹」這個詞，智遠的一字眉微微一顫。智遠隸屬於KLO部隊，有機會救出位於中國共軍占領區域的妹妹，之後幫忙照看的就是崔大熙少校。

智遠嚥下一口氣後回答：

「……這場戰爭必須結束。」

「看來你很清楚嘛！在這場戰爭中，最重要的是情報，你不是很瞭解嗎？不被懷疑的情報員多麼有效率。」

智遠找不到對策，陷入了沉思。打破這短暫靜默的是女子義勇軍的高友仁少校。

---

2 咸鏡道現為北韓領土。南北韓尚未分裂前，整個朝鮮半島處於統一的狀態。由於此地偏北，智遠從小生長在此，會說北韓人的口音，所以才能夠偽裝成北韓軍人的角色。

「需要幾個人？」

崔大熙少校咧嘴一笑，並說：

「越多越好。」

高友仁少校的嘴角變得僵硬：

「如果是以保衛國家的名義，少女們也會自願加入，因為目前已經有兩千多名女性自願加入女子義勇軍。我們女子義勇軍這邊也會一併招募要前往相關部隊的少女情報員。」

本次的參謀會議就以這句話告終。

所有人離開後，留在會議室的是高友仁少校和崔大熙少校兩人。崔大熙少校在會議室裡四處察看，一句話也不說，只是東張西望而已。

高友仁少校望著崔大熙少校察看會議室各處，心想雖然許久未見，但他還是和以前一樣令人不悅，對於等待自己的人都不好好說明情況，就逕自先做自己想做的事情，這個習慣也還是沒變。

崔大熙少校就這樣看了窗戶、會議室的門、桌子下面，看了好一陣子，等全都看完之後才開始談話。

「好，已經確認安全了。我們開始聊吧！」

「還剩下什麼事嗎？我方已經說過會盡最大努力協助……」

「就是我希望部隊在招募女兵時，最好也能招募到演員或者演技好的人。這些人是機密。」

崔大熙少校似乎對這件事感到興致勃勃、眼神炯炯有神，高友仁直視崔大熙發亮的眼神，心想：「這種情況很有趣嗎？」，眉頭微微皺起。

「你說的應該不是單純的情報員吧？」

「因為還需要能夠成為敵軍親信的間諜。」

「有什麼計劃嗎？」

「這是機密。」

崔大熙少校像在開玩笑似地說了狡黠的回答，高友仁少校非常討厭崔大熙少校這種把戰爭當兒戲的態度。

「我知道了。」

高友仁少校沒有表現不滿，只回答說知道了。崔大熙少校認為達到了預期目的，便露出微笑，這是令人滿意的結論。他打算簡單行個禮就離開房間，然而高友仁少校的聲音傳來，讓崔大熙少校停下了腳步。

「戰爭效率高是很好，但沒有生命不寶貴。不要跟軍人講求效率。崔大熙少校。」

崔大熙少校苦笑了一下。高友仁少校討厭崔大熙少校，崔大熙少校也不惶多讓，從一開始就非常討厭高友仁少校的聲音，那是讓人感到內疚的聲音，好像只有她一個人在追尋正義一樣。即使高友仁少校沒有明目張膽地表現出來，聽起來也像是在說：「請有點人性，我一直觀察著你」，這種話在他聽來相當刺耳。對於崔大熙少校來說，在戰爭中正確的選擇只有勝利，為了勝利不惜犧牲一切才是對的。對他來說，這就是指揮官的使命。

「正如你所說的，沒有生命不寶貴，所有人的死亡都是平等的。無論誰死，不都是命中注定的嗎？總之，我們的目標是打贏這場戰爭。軍人的犧牲雖然令人遺憾，但為了大義犧牲是戰爭的必要條件。高友仁少校請不要心軟，現在是在打仗。」雖然他狡黠地笑著回答，但語氣中透露軍人特有的果斷。聽到這些話後，高友仁少校也笑著回應道。

「不是心軟，而是人性。崔大熙少校經常搞混這兩個。不要以戰爭為藉口拋棄人性。那不是勝利，而是屠殺。」

無論見了多少次面，兩人還是連一句話都無法好好說，真是不合拍。

「總而言之，一旦招募到軍人，基礎軍事訓練就由我方負責。」

「我們也沒有想過要把從未受過基礎軍事訓練的人送進敵營。」

「是，當然是這樣。即將被派往ＫＬＯ部隊的女兵名單，我完成後就會發給您。那我先走了。」

高友仁少校說完自己要說的話後，就抬起右腳的軍靴，軍靴底部踩著早已破損失效的竊聽裝置，這是崔大熙少校沒有發現的竊聽裝置。在兩人開始對話之前，高友仁少校發現了這個竊聽裝置的存在，早就將它破壞了。

高友仁少校得意洋洋地望著崔大熙少校，這讓崔大熙少校感到不快，她就這樣經過崔大熙少校，先行一步離開了會議室。原本崔大熙少校臉上狡黠的笑容，瞬間消失得無影無蹤。

「麻煩的女人……。」

03 難搞的紅珠

三年後，ＫＬＯ部隊前線基地，冬天

山林間，有個人影大步跨越積雪而來，這讓正在戒備的哨兵舉起了步槍。隨著人影逐漸逼近，哨兵之間也開始瀰漫著緊張感，四周安靜得彷彿能聽到雪花落到地上的聲音。踩著積雪走來的人影腳步聲相當安靜，那是輕盈又小心翼翼的步伐。哨兵們把槍口瞄準了逐漸靠近的黑色人影。就在即將接近哨兵瞄準點時，黑色人影突然停了下來，解開了上衣衣帶[3]，然後掏出自己上衣裡的胸前名牌，向哨兵們揮動著那個銀色的閃亮玩意，哨兵們確認名牌後，這才終於把槍放下。此時黑色人影走近，將印有「徐紅珠」的名牌拿到了哨兵面前。

「我都做到這種程度，不是應該看我的臉就讓我通過了嗎？每次都要這樣確認嗎？」

紅珠用疲憊不堪的聲音跟哨兵們說，但聽到的卻是生硬的回答。

「這是規定。」

紅珠邊嘆氣邊思考，那該死的規則竟然比灑熱血的軍人更珍貴。每次歸隊時都會看到圍繞我軍基地的松林，從地上直直地延伸到天空的樹幹都會讓她聯想到鐵窗，究竟是保護內部的人不受外部的攻擊？還是把人關在裡面呢？她感到困惑。因此，相較於平安歸來的欣慰，實際上每當想到這條松林路不是我方也不是敵方，而是灰色地帶時，她的指尖就會忽然開始顫抖。在穿過那條松林路到達基地前，她常常擔心我軍會因為認不出自己而誤殺，因為這條松林路就是這樣的地方。被趕出基地的少女們肯定都走過這條松林路，她們在這條路上曾經是我方，現在卻變成了敵方，筆直得沖天的松樹彷彿是篩選不純正念頭的過濾網。

「是的，我會按照規定去『那裡』，請向少尉報告。」

紅珠通過入口前往「那裡」時，後面傳來哨兵們竊竊私語的聲音，那些話紅珠已經聽到耳朵快長繭了。

「……她又活著回來了。真的很可怕耶！」

「她就是我們部隊難搞的人嘛！」

紅珠這「難搞的女人」是KLO部隊中存活最久的少女，當初和紅珠一起入伍的少女們，現在已經找不到任何一個了，可能是在作戰中犧牲或其他原因……

總之，再也見不到那些少女了。

---

3 原文「赤古里」（저고리），為傳統韓服的上衣，形窄而短。在本書中，紅珠即是將名牌放在赤古里的衣襟裡。為了方便理解，本書統一翻譯為「上衣」，至於赤古里的綁帶，則翻譯為「衣帶」。

第一次加入KLO部隊的二十名少女中，只有紅珠倖存，剛開始她因為倖存下來而被大家稱讚，說她很了不起，但不知從何時起，她被冠上了「難搞的女人」的稱號，說她是跳入獅子坑裡還能赤手空拳獨自生存下來的難搞女人。紅珠已經習慣了這種稱呼，因此她總認為自己生活在矛盾之中，原本是想死才上戰場的，沒想到竟如此頑強地生存到現在。這奇妙的背叛感……她還有必須活在世上的原因嗎？那麼，究竟那原因是什麼？紅珠只能繼續問自己：「為什麼我會一直活下來？為什麼能把其他同伴的死亡拋在腦後繼續活著？為什麼繼續以兔子的身分活著？」

「進來吧！」

看守「那裡」的一位哨兵向紅珠比了個手勢。在冷風似乎足以劃破肌膚的寒冷冬天，紅珠已經在結冰的土地上走了許久，發紅的腳應該是被凍傷了，身穿的裙子已被撕裂，全身被雪淋得濕答答的，手臂上還有一道長長的傷口，鮮紅的血已經滲出上衣，在紅珠的白襖上畫出一道紅線。幾天下來，沉重的疲憊感快要壓垮她了，但她要前往的地方不是宿舍，而是審問室。

紅珠在冰冷的審問室等待著，沒多久翻譯兵賢浩和約翰少尉一起進來。賢浩看到坐在審問室的紅珠後非常高興，當他一發現紅珠全身布滿血痂，還受了傷，表情立刻轉變，彷彿就要哭出來了。紅珠似乎察覺到賢浩的心情，便向賢浩眨了兩次沉重的眼皮，示意「她沒事」。

終於，所有該出場的人物都登上了審問室這個舞台，現在是審訊時間。

審問過程非常簡單。美軍約翰少尉會用英文提問，賢浩負責翻譯問題告訴紅珠。雖然紅珠已經厭倦了，但這是最需要保持謹慎的過程，因為除了透過審問傳遞從敵方陣營蒐集來的情報之外，還要確認紅珠有無二心。之前沒能正確回答美軍問題的少女情報員們，從那天開始就再也不見蹤影。被趕出基地的少女們會沿著松林路離開，有時紅珠在深夜看見一群女孩走進那條松林路，接著就看到持槍的軍人尾隨著她們進去。在敵我模糊的灰色地帶，響起了不知名的槍聲。

因此，對於在這個基地生存最久的少女情報員紅珠來說，每次一到這個時間都不得不緊張起來。要是在敵軍槍口下活了下來卻被我軍槍殺，難道還有比這更冤枉的事嗎？再加上為了避免別人發現她們的情報員身分，她們被要求記住許多不能寫在紙上的情報，回來後必須一五一十地複誦出來，這是極費專注力的事情。在回到基地前，紅珠每走一步都不斷默背著：「不能忘記，要記住妳在這裡看到的、聽到的、感受到的，像是刻入骨頭那般牢記著。」

「我再問一次，敵軍現在剩下的糧食還有多少？」

很顯然賢浩盡可能以和緩的語氣翻譯約翰少尉說的命令句，而紅珠的回答和三十分鐘前一模一樣，賢浩也用英文傳達了跟剛才一模一樣的內容。約翰少尉點點頭，先行一步走出了審訊室，賢浩似乎有話要對紅珠說，猶豫了一下，最後還是跟著約翰少尉走了。

漫長的審問一結束，紅珠全身的緊張感瞬間消失，無力地靠著審問室硬梆梆的椅子。雖然想靜靜地在椅子上多休息一會兒，但她渾身痠痛，大概是穿過樹叢過來時，身上被扎滿了小刺。扎在身上的刺當中，最讓人刺痛的是那些碎屑般的刺，那是碎得極小塊的刺，由於不完整，所以已經變成碎片，再加上碎得太小，越想拔出來，越會鑽進皮膚深處。

紅珠身上經常留著這些沒能拔出的刺，剛開始會讓皮膚表面痠痛，然而時間久了，等到感覺變得遲鈍時，甚至可能會忘記了刺的存在，這次紅珠應該也會忘記幾個碎刺。原本還靠在審訊室硬梆梆椅子上的紅珠，忽地大喊一聲，接著從椅子上起身。要趕緊回去才行。紅珠拖著一隻腳走向宿舍，這次是隔了半個月才回來。

一進入少女情報員居住的宿舍，日華就跑過來投入紅珠的懷抱。

「姐姐！我就知道姐姐會回來。趕緊換上乾衣服吧！」

日華是紅珠半年前認識的十六歲少女。雖然還在打仗，但她性格開朗，就像基地裡的開心果。自從進入ＫＬＯ部隊，日華就很信賴比自己大四歲的紅珠，也一直跟著紅珠，顯然日華很中意紅珠。

有一天，日華說出了原因。

「我剛到基地的時候，姐姐不是一個人在宿舍裡嗎？所以我就想要靠近姐姐嘛！好像每次我回來時，姐姐都會坐在宿舍裡等我一樣。」

紅珠看著露出燦爛笑容的日華，想起了自己無法忘記的人——「尹玉」。

三年前，紅珠的村莊，秋天

當年紅珠十七歲。

她沿著盛夏時滑過了無數次的坡地下山，走向了村莊，手上和腳上已經布滿了被樹枝劃過的傷痕。即使多如雨水的汗滴已經滲入傷口、刺痛傷口，紅珠也察覺不到。就在紅珠挖了一根山參後要返家時，村莊早已被炸成一片廢墟，紅珠的母親和妹妹東珠都因那場爆炸而離開人世，死亡太容易了。紅珠也記不得喪禮是怎麼進行的，只記得尖叫聲、哭聲，以及那片在泥水中流淌的血，場面就像被剪輯過一樣，紅珠只能記得某一刻，一點也沒察覺到自己呆滯地在那裡站了多久，唯一僅剩的只有網袋裡的那一根山參。

在紅珠快要失神時，扶持她的人就是住在隔壁的尹玉。尹玉和東珠同年，都是十五歲，兩人是最親的，所以東珠的逝世也讓尹玉哭得跟紅珠一樣慘。紅珠家被燒毀後，只能住在旁邊的臨時住所——其實稱不上是臨時住所，那只不過是用草堆出來的破舊草棚。尹玉每天都會來找紅珠，面帶燦爛的微笑，把紅珠拉出草棚。

「姐姐，出來，快點！」

紅珠每次看到尹玉都會想起死去的東珠，因此她無法拒絕尹玉的邀請。當紅珠想尋死時，尹玉都沒有放任紅珠獨處。尹玉放著方正的房子不待，一大早就前去邀紅珠做飯、去溪邊玩，也會央求紅珠教她縫紉、一起拔雜草或是去看星星，還好從早到晚都有尹玉陪在身邊，這讓紅珠的狀況似乎正一點一滴地好轉。尹玉安慰紅珠的方法就是讓紅珠忙得不可開交，無暇思考其他事，而這對紅珠來說非常有效。

但是尹玉的請求中，只有一件事紅珠沒有答應。

「姐姐，要不妳就搬到我家吧？哥哥的房間已經空了很久，現在是空房！我一個人在家很無聊，而且媽媽也同意了……」

「不要，我喜歡我家。」

儘管紅珠口中的「我家」幾乎和廢墟沒什麼差別，但對紅珠來說，那卻是她唯一的家。

「尹玉，妳不是東珠，我要待在我家人在的地方，那裡才是我的家。」

這句話似乎惹得尹玉不開心，有好一陣子尹玉都沒有再來找紅珠。後來又過了幾天，尹玉再次找上紅珠，躺在她的臨時住處內，嚷嚷著躺在硬梆梆的地面上會讓背部不舒服，也就是說，如果紅珠不去她家住，她就要住在這裡。紅珠在那個狹小的房間考慮該怎麼讓尹玉離開，結果就這樣過完了一天，那小種子似的東西竟然這麼堅韌，沒有一天輕易地回家。

後來某天，軍人造訪村子，說要招募女兵，開著卡車四處招募。尹玉和平時一樣開朗地笑著，親切地接近了軍人。這應該是尹玉的其中一項才能，就是能夠輕易靠近陌生人，彷彿不是初次見面。紅珠看到尹玉的行為，擔心要是有人說會買好吃的給她，她應該真的會直接跟過去。怎麼會那麼沒有戒心呢？尹玉向軍人們問東問西，問了好一陣子後，便跑回來跟紅珠說自己也要當女兵。雖然她是笑著說，但那並不是輕鬆的話。

「這是報效國家嘛！」

「國家為妳做了什麼？」

紅珠沒好氣地說。這番話讓尹玉沒面子，但她依然燦爛地笑著說：

「讓我能存在於朝鮮這個國家啊！」

這時才剛獨立不久的朝鮮人，想報效國家的心意很堅定。對於尹玉、還有一起乘坐卡車的少女們來說，大家都不想錯過能報效國家的機會，而坐在這群天真少女中的紅珠，覺得她們真的很天真。紅珠跟她們不同，她是因為尹玉的母親拜託紅珠照顧尹玉才坐上卡車的。紅珠一閉上眼睛就會想起尹玉的母親來找自己的那天，臉頰上的兩行眼淚、跪下的雙膝，以及誠懇的聲音，所有的畫面交織在一起，紅珠只好隨同尹玉坐上卡車。

入伍後，她們開始在訓練所受訓，學習如何看地圖、單兵作戰等基礎軍事訓練及基礎體能訓練。這對紅珠來說並不難，她本來就因為採人參而經常爬山，但尹玉不同，她每次在體能訓練中都落後。正如尹玉的母親所拜託的，紅珠都會幫助尹玉，不讓她在訓練中落後。訓練快接近尾聲時，紅珠才意識到自己和尹玉即將進入的ＫＬＯ部隊不同於普通的部隊，ＫＬＯ部隊沒有軍人編號，必須得隻身偽裝成難民進入敵營，觀察敵營情況後，將情報帶回來——這個作戰名稱為「兔子」。

偽裝成難民，滲透到敵營，掌握動態。

將你在敵營看到和聽到的一切情報都記在腦中後回來報告，一旦身分被揭發，就要自殺。

訓練從深秋開始進行，到初冬就結束了，紅珠和尹玉結束簡短精實的軍事訓練後，迎來了第一個作戰日。少女們要乘坐飛機到達敵營上空附近，然後一一乘坐降落傘跳下，敵營地圖和回程地圖只能留在少女們的腦中。飛機上充滿了緊張的氣氛，誰都無法輕易開口，只有風聲填滿了寂靜，其中唯獨紅珠特別緊張，她的頭皮發麻、心跳加快，尹玉握住紅珠緊張的手，她看起來是飛機上的少女中最悠閒的一位。尹玉嘴角掛著微笑，看向紅珠，紅珠也回應尹玉勉強微笑，但那只是她想要消除包圍全身緊張感而露出的無力笑容。

終於輪到紅珠和尹玉了，她們這組會降落在同一個地點，當紅珠背著降落傘，準備要墜落時，內心覺得這真的不是人會做的事。紅珠深刻領悟到，人本來就是要生存在土地上的，此刻腳下沒有土地，令她相當不安。事實上，每次進行降落訓練時，紅珠的成績都是最低的；相反地，尹玉在訓練中唯一擅長的就是降落訓練。當兩人在空中準備降落到作戰地區時，尹玉在紅珠旁邊笑得很開心，紅珠只是睜著眼睛，但目光已然完全呆滯。

過了好一陣子——以紅珠的感覺來說像是過了幾十個小時——降落傘終於落地，紅珠一心只想向好不容易到達的地面深深一鞠躬。白雪覆蓋的冬季土地非常柔軟。尹玉首先到達，跌坐在柔軟的白雪中，接著緊緊抱住紅珠，先一步朝作戰基地走去。紅珠覺得那小小的懷抱實在太溫暖了，然而，在休息片刻準備出發後，紅珠就目擊到尹玉在不遠處遭敵軍擊斃的畫面。現在是戰爭時期，在那個冬天誰死了都不奇怪。皚皚白雪上灑滿了鮮紅的血，那鮮明的顏色對比以及尹玉已然冰冷的手，紅珠永遠無法忘記。

每一天，紅珠都會在夢裡看見血滴撒落在白雪上的畫面，她不認為那個夢是噩夢，她認為那是自己該受的懲罰。紅珠把白雪上的血跡視為自己在死前絕對不能忘記的人們。每天晚上，紅珠都會在夢裡受罰。

「這都是我的錯。那天，我不應該那樣做。」

紅珠反覆回想，回想得越多，那一天所發生的事情，就越是烙印在紅珠心中，成了永遠忘不了的記憶。

現在，KLO部隊前線基地，冬天

紅珠猛然睜開眼睛——白雪、紅血，還有那個夢……

一大清早，兔子宿舍裡一片寂靜，日華睡在紅珠旁邊的床鋪上，其餘的鋪位則是疲憊的少女們正在休息。紅珠的床鋪旁邊有個小櫃子，裡面刻滿了她親手用舊釘子刻出的「正」字。紅珠數了數空出的床位，然後刻上兩劃。這次出去作戰後又多空出了兩個床鋪。

這時，一批新的少女抵達了宿舍，這次和李熙媛少尉一起來的少女人數是十個人，正好符合現在宿舍的空床數，基地內的少女人數再次回到二十人。填滿二十人的那天，就是新的少女們替補死亡或消失的少女床位的日子。新進少女們開行李的聲音吵醒了其他正在睡覺的少女，雖然彼此有點生疏，但還是為了展現友好而餽贈美國巧克力，這都是因為大家太習慣認識和離別了。紅珠也把櫃子裡的巧克力遞給自己對面床位的新來少女。嚴守軍紀的少女小心翼翼地接過巧克力，自我介紹：

「我叫朱勝熙。」

不知為何，紅珠覺得她很眼熟。接下巧克力的勝熙，在紅珠眼中，看起來年幼卻很堅強，小小的身軀、明亮的眼睛，還有特別濃密的眉毛，紅珠立刻就有預感，她應該可以活很久。

「我是徐紅珠，很高興見到妳。」

「……那個，您知道朱勝勳嗎？」

紅珠回憶起幾個月前游擊隊員亡者名單，其中有一個名字就是朱勝勳。他也來過這個部隊幾次，算是有幾面之緣，他的濃眉令人印象特別深刻，聽說是誤觸地雷，導致屍體嚴重損毀。不過，那個地雷是哪個國家來著的？

「嗯，我只聽過名字……。」

「他是我哥哥，我這次是替我哥哥入伍。聽說他在作戰中身亡，但找不到屍體，而且……我覺得一直待在家裡會悶死的……所以我才來的。我會把他們全部殺光。」

紅珠看著勝熙濃密的眉毛，心想她和她哥哥真的長得很像，聽到勝熙自信地笑著說出「會把他們全部殺光」這種可怕的話時，紅珠似乎明白為什麼她會覺得這個孩子能存活下來。

「……是啊！我們都活著，把他們全部殺光吧！」

新的早晨就這樣開始了。

❀ ❀ ❀

日華已經跟新來的少女打過招呼，看起來非常興奮，整間宿舍充滿著咯咯的笑聲。少女們以日華為首，圍成一圈玩起了抓石子遊戲，獎品是巧克力和各種美國商品。偶爾外出休假時，會發現那些美國商品真的很值錢，所以儘管少女們發出咯咯的輕鬆笑聲，一旦玩起抓石子遊戲來可是相當認真。

日華擔任抓石子遊戲的主持人，紅珠則坐在比較遠的地方觀察她們，她的視線一直都落在那群少女身上，卻沒有加入她們，也沒有靠近她們，只是在觀望，就像公轉一樣。一旦靠近，肯定會被捲入其中。聽著少女們的笑聲，紅珠正為受傷的腳纏上新的繃帶，這一刻恰恰適合「和平」一詞，不多也不少，前一天走過環繞我軍基地的松林路的恐怖感變得模糊。紅珠用繃帶纏上一圈、兩圈，纏得越厚就越看不見受傷的傷口。

當紅珠沉浸在少女們的笑聲和繃帶的溫暖時，日華不知不覺間靠近了她。

「那樣纏繃帶很容易鬆開。」

日華一屁股坐在紅珠面前，輕輕解開紅珠綁在腳上的繃帶，然後重新纏緊了繃帶，綁到腳踝處。

「姐姐比我想的還要敷衍耶！」

「反正又會受傷。」

「就是因為還會受傷，所以更要妥善治療，別讓它惡化了。姐姐每次都隨便對待身體，上次妳晚上發燒，一直唉唉叫，結果那天我也沒睡好。」

「我吃了藥還是不舒服啊！」

「那就應該去多要點藥啊！要不然就是到野外醫院休息一下。」

嘮叨越多，日華纏繃帶的力道就越強。

「綁成這樣，血液不會流通，會更痛耶！」

「止血是第一步。這位不聽話的病人。」

日華綁好繃帶後坐在紅珠旁邊，兩人並排坐下看著少女們玩抓石子游戲，笑聲和嘆息聲此起彼落。新來的少女們在不知不覺間已經跟大家打成一片，紅珠的目光在尋找沒有加入那群少女的勝熙，但她似乎不在宿舍裡。「要是能一起玩就好了。這種時候並不多。」紅珠滿腦子在想這件事，日華則繼續喋喋不休地說著話，內容大致上都是在聊少女們休假的計劃。

「這次休假，大紅想用之前存下來的美國巧克力買一件漂亮的洋裝，她玩抓石子遊戲拿到第一嘛！應該值很多錢。靜華說好久沒去看弟弟了，上次弟弟去親戚家，所以他們沒見到。奉順說很想吃媽媽做的飯。」

紅珠一個字都沒問，日華卻滔滔不絕地講著，一直都是這樣，就算沒叫她，她也會先走過來。這讓紅珠試圖與少女們保持距離的努力白費，不知何時，日華已經遠遠超過了紅珠內心的警戒線，就像尹玉一樣，紅珠無法推開日華。

「妳想做什麼嗎？」

面對日華突如其來的問題，紅珠認真想了一下，然後日華笑著說：

「反正我回去也沒有家人可以看，所以不怎麼期待休假。我只是擔心戰爭結束後要做什麼維生。」

紅珠觀察日華笑著說話的表情。日華是在幾個月前入伍的，之前的空襲讓她失去所有的家人，無處可去的小女孩選擇了軍隊。紅珠本來想對日華說戰爭結束後可以一起生活，卻說不出口，她擔心要是無法守約，只會帶給刻意笑得這麼燦爛的孩子壓力，因為期待會讓人更疲憊。紅珠只是輕輕拍了日華的肩膀，日華一副若無其事的樣子繼續說個不停，最後響起了通知糧食分配的鐘聲，這才讓日華停止說話。

大家接二連三地傳遞起簡單的食物，和平的早餐時間開始了。少女們詢問彼此的年齡、比較彼此的故鄉，如果故鄉相鄰，從那時起就成了同鄉。「同鄉」的威力就是這麼強，光是知道某座山的山名，就能成為朋友，因為起碼需要有人記得那是哪裡，說不定還能代為將消息傳回故鄉，少女們需要這樣的人。

早餐時間結束後，又響起了另一個鐘聲，這次的鐘聲宣告情報作戰開始。

❀　❀　❀

昨天晚上結束任務歸隊的紅珠可以休息，這次輪到其他少女情報員出任務，其中也有日華。日華緊緊抱住紅珠後就離開基地了。紅珠低頭看向日華纏緊的綁帶，再看看日華輕鬆的背影，心想：「這次是去哪裡呢？」

身為情報員，少女一定要遵守一項規定，那就是無論各自去哪裡從事間諜作戰，一定要保密，就連對同袍也是如此。那些在宿舍裡天真地評價美國巧克力口味的少女情報員們，對於自己的目的地始終絕口不提，無論如何都必須遵守這項規定。其中一個對外的原因是，要是有一位情報員被敵軍抓到，那麼她可能會說出威脅到其他情報員的資訊。但另外還有一個隱藏的原因，也是大家絕口不提的原因。紅珠將那些紛亂的想法拋諸腦後，看向情報隊員的目光不知不覺間變得堅毅，目送日華和其他少女離開。

離開了一批少女們後，宿舍再次變得安靜。

「紅珠！是我！」

紅珠原本在宿舍取出扎滿身上的刺，這一片刻還算平靜，卻突然聽到賢浩的呼喚聲。剛剛還在數著自己拔出幾根小刺的紅珠，聽到賢浩的聲音後跑了出去，留下來的少女們看到紅珠被賢浩叫出去後，紛紛感到好奇，彷彿發生了什麼有趣的事情。白白淨淨的賢浩翻譯兵在少女之間特別受歡迎，紅珠在這些少女的視線中晃過身去。

賢浩帶紅珠到部隊內的訓練場，男子情報部隊成員正在那裡進行體能訓練，非常吵雜。賢浩站在紅珠旁邊小聲地說著。

「……可能有危險……所以妳……」

「哎！我什麼都聽不到！」

紅珠在賢浩耳邊大喊。

賢浩被紅珠的聲音嚇了一跳，不過，雖然紅珠喊得那麼大聲，聲音依然淹沒在進行體能訓練的成員的喘氣聲中。賢浩一直猶豫著要不要說，紅珠開始對不敢輕易開口的賢浩感到不悅。

「用這種音量說話也沒關係，而且要喊到這樣，我才聽得到。」

「……妳有危險了。」

其實當賢浩帶紅珠到訓練場，紅珠就知道這代表他要說的事非常機密。賢浩做事謹慎，所以能夠預料的到。就在紅珠猜測下次的任務應該很危險時，賢浩接下來要說的話卻出乎紅珠的預料。

「妳被懷疑了。」

這些兔子少女們也是彼此的監視者，通常會派遣好幾個少女情報員前往同樣的敵軍基地。滲透到同一地區的情報員各自返回基地後，就被送上審判台，因為審問時區別情報真假的標準就是滲透到同一地區的不同兔子們的供述——正因如此，她們不能向彼此透露各自的情報作戰地區。

還記得紅珠入伍後首次迎來的秋天，那年的紅葉非常漂亮。紅珠聽說有些兔子去的地方跟自己一樣。之所以知道這個祕密，是因為她發現兩個總是形影不離的少女是從同一個地方回來的，而當天晚上，兩人當中的其中一人來問紅珠。

「妳是怎麼說的？關於補給路線。」

紅珠照實回答自己所說的，來找紅珠的少女聽完後以絕望的眼神望著紅珠，隔天起就再也沒在基地看過那兩位形影不離的少女中的另一位；過來質問紅珠怎麼回答的那位少女，從那之後總是獨自一人，某天起也沒有在部隊看到她了。

那天紅珠在自己櫃上又多刻了兩橫正字記號。美軍並沒有公開處刑，也許是考量到這樣會打擊士氣，因此情報部隊成員若發現回到基地的同袍再次消失，就會推測可能是在某處被處決了。任何人都不會問起消失的人，這是一個潛規則。

紅珠想起回基地路上一定會看到的松林路，圍繞基地的松林路裡有許多特別刺人的樹枝，光腳走那條路時，一定會被刺得遍體鱗傷。在矗立著筆直高聳的松樹之間，究竟消失於松林路的少女到哪裡去了呢？

沒錯，兔子總是被懷疑，可是到底為什麼要懷疑我，明明我一次都沒犯過錯。

「……原因是什麼？」

紅珠總是盡最大努力，在必死之地生存到最後，然後把情報帶回來。況且在兔子情報的交叉比對下，存活到最後的不就是紅珠嗎？紅珠的情報連一次都沒有與其他兔子不同，竟然還被懷疑？前往敵軍基地的時候，她是那麼努力才活了下來，儘管有時自己的說法，會害其他兔子消失不見。紅珠立即向賢浩詢問原因，起碼要知道美軍為什麼懷疑自己，沒想到賢浩的回答竟然是她一次都沒有想過的。

「……因為妳每次都活著回來。」

這句話讓紅珠感覺自己宛如被捅了一刀。

要對哪個山腳空襲、糧食補給路線是哪裡、敵軍的規模有多少、援軍進軍的速度，甚至仔細到敵軍內部流傳的北方消息，這些都是她偽裝成難民，一一挖掘後回來報告的，可是美軍竟然得出這種結論，令人難以置信。紅珠開始覺得眼前一片模糊。

「還有……可能是這次妳給的情報和其他兔子給的不同，但是現在似乎還不清楚哪邊是假的。」

紅珠沒有聽進賢浩說的第二個原因，她的頭腦已經嗡嗡作響，紅珠想像著少女們走過松林路的樣子，其中也有自己，如果自己走在那條路上會是什麼表情？是已經死心了？還是正在哭？雖然不太清楚表情，但有件事很確定，那就是憤怒。

「……可是，先不提那個，我一直存活下來能算得上是被懷疑的原因嗎？」

「不管怎麼說，大部分的人……都因為作戰而回不來。所以我覺得妳應該要更小心。」

賢浩說得吞吞吐吐。紅珠感覺腦中的某根線斷掉了，那是勉強緊抓住的使命感，和同袍之間的情誼；雖然連個軍人編號都沒有，但是身為兔子所擁有的歸屬感，這一切都像細線一樣「啪」的一聲斷掉了。

她很清楚自己過去三年一直被懷疑。情報員無法擺脫懷疑的標籤。每次完成任務回來時，約翰少尉看她的眼神都很鮮明，由上往下照的燈光讓約翰少尉本來就很立體的五官變得更加立體。在這種壓迫感極強的氛圍下，她還沒來得及處理傷口就得要道出所有情報。一直以來，紅珠都為了不被懷疑而使出渾身解數來表達自己仍效忠於國家，結果讓她被起疑的，僅僅是因為她活了下來，這讓她明白美軍以非常容易剪掉的細線綁住自己，似乎只要被懷疑，立刻被剪斷也無所謂。

委屈湧上了心頭。

「我們明知作戰就是如此，卻還是走上那條路，他們應該不會知道那心情如何。」

紅珠壓抑心中的怒火低聲說道，因為她擔心有人會越過喘氣聲聽到自己的聲音。

「每當像今天這樣有新的情報員加入宿舍，我都會在櫃子裡刻上正字記號，現在我已經數不清刻了幾個正字了。那些沒有回來的兔子，我當然已經不記得她們的名字，我記得的就是已經死了很多人。你知道我早上起來時看到櫃子上刻著的正字記號在想什麼嗎？難道是『還好我還活著』嗎？不是！我想的是『今天我可能也會死』。你覺得我這樣活了三年的心情如何？你能把這些話轉告給那個該死的約翰少尉嗎？」

紅珠的眼淚快掉下來了，她勉強吞下淚水跑回宿舍，留下驚慌失措的賢浩一人在訓練場。回到宿舍後，紅珠摸著刻滿了正字記號的櫃子哭了起來，在宿舍休息的其他少女從未見過紅珠哭泣，全都嚇了一跳，因為紅珠就像是這裡的元老，聽到轟炸聲時很平靜，也非常樂意送出自己的巧克力。少女們猶豫地走了過來，抱著哭泣的紅珠。

紅珠在那天明白了，為什麼她能克服對她來說最困難的降落訓練、以及為什麼每次作戰都能生存下來——

因為她想活下去。

04 另一個兔子

中共軍隊占領區，張偉的宅邸，冬天

漆黑的夜晚，在張偉作戰時停留的宅邸中，有一個人正悠閒地走在走廊上，那個人就是柳京。柳京穿著貼身連衣裙，裙襬輕輕晃動，安靜地大步走在二樓走廊，目標是會議室。柳京小心翼翼地從會議室桌子下取出一份文件，上面寫著目前中共軍隊和北韓軍隊的作戰計畫、駐紮地點位置。宅邸安靜得只聽得到柳京的呼吸聲，樓上的張偉在喝下柳京摻了安眠藥的酒後，現在正睡得很沉。柳京開始一字不漏地背下剛取出的文件內容，此時連燈都不能開，柳京僅憑窗邊的月光將細小的文字刻進腦海裡。

背完後，柳京悠悠地離開會議室，走向了宅邸後院。她輕輕踩著積雪，腳步聲微微劃破了寂靜。「一、二、三、四……」柳京依序數著後院圍籬的數量，推開了第五個，只有那個圍籬被輕輕推開了。柳京穿過縫隙，通往與後院相連的後山，那條路相當好走，彷彿有人整理好之後，叫柳京走這條路過來似的。柳京能猜出是誰做的，「難道你以為我會不知道嗎？」柳京稍微停在那條山路中間，等待著某人，沒過多久就有人出現了，他像是要遮住柳京的貼身連衣裙那般，把一件大衣披在柳京身上。他是姜智遠少尉。

「今天紙筆都帶了嗎？」

智遠從懷裡拿出鋼筆和手冊給她看，柳京稱讚智遠帶得好，然後開始背出自己記得的內容。安靜的山中，接連響起柳京端莊的聲音和智遠記錄那些內容的筆跡聲。在戰爭時期，這場景看起來實在是太平靜了。

「都寫好了嗎？」

「是，我都寫好了。」

「給我看，我確認一下。」

智遠把手冊交給了柳京。智遠將柳京說的內容寫成暗號，對於不知道的人來說，看起來就像是戰爭時期寫的日記。柳京用智遠帶來的小手電筒照著手冊，一一確認。

「都記下來了耶！很正確。」

「那我們就回去吧！」

「好啊！」

在積了少許雪堆的山上，只有兩人並排行走的腳步聲，柳京的聲音打破了寂靜。

「對了！我突然很好奇，你在跟我見面之前，是什麼時候開始處理那段路的啊？」

「啊……被妳發現了啊！」

「山路哪有這樣的啊！哪有走起來這麼舒服的？」

智遠原本很理所當然地以為柳京不會察覺到，沒想到自己的行為都被看穿了，有點難為情。柳京看到智遠表情尷尬，本來還想繼續逗他，但是聽到智遠真誠的回答，便打消了念頭。

「……太早處理可能會被發現，所以我是從約定時間兩個小時前開始弄的。等妳回去後，我會再破壞的。」

「真貼心，想得很周到。」

「被發現會很危險。」

「姜少尉對我有罪惡感吧？」

柳京笑著說，智遠的表情卻隨著柳京的笑容變得越來越僵硬，這是因為柳京的笑顏看起來實在太年輕了。

「……是。」

「因為讓我做這麼危險的事情嗎？」

「是。」

「什麼嘛！姜少尉又沒有叫我非做不可。」

「……但我還是把妳帶到這裡來了。」

對於智遠來說，柳京就像一道光。以美人計作戰為由，將年幼的少女帶到這裡來，這種作戰本身對智遠來說就不合理。雖然不可否認柳京提供的情報讓他們掌握了敵軍駐紮地點，精準地進行轟炸，但他懷疑是否要做到這種地步。別的不提，因為柳京和智遠的妹妹年齡相仿。

「因為現在在打仗嘛！」

「……」

「而且，難道我是因為愛國才來的嗎？我也是想演主角才來的……我們是互相利用。對了！現在國劇劇團還有表演嗎？」

「女性國劇」是從幾年前開始出現的表演形式，播放的音樂讓人分不清是國樂還是傳統說唱，但是念了臺詞後，看起來就像話劇一樣，甚至還有群舞表演，無論是喜歡傳統說唱的人、喜歡戲劇的人，還是喜歡跳舞的人，任何人只要看過一次就會被其魅力深深吸引；再加上是把真切的愛情故事搬上舞臺，沒有人會不喜歡。劇中所有角色都由女性飾演，其中擔任男主角的女演員最受歡迎。當男主角在重頭戲發揮精湛演技時，觀眾們就會鼓掌喝彩。「女扮男裝」本身就是一種幻想，舞台讓她們能做到現實中做不到的事情。這份喜悅會讓人忘卻現實，因此國劇劇團的熱門程度急速攀升，而在如此華麗的舞臺上，站在最後面幫忙伴舞的就是柳京。

三年前，柳京是惠化國劇劇團的初期練習生。柳京的聲音、舞蹈、外貌無一不受到稱讚，甚至還有人說她可以做為招牌演員。然而，柳京一直沒能當上主角，只能做著燭臺[4]的角色，因為團長討厭她。後來團長說只要她參加勞軍表演，回來後就能擔任主角，柳京也期待著說不定能見到自己尋覓很久的某個人，於是便參與了此次作戰。

「消失的她是不是到了柳京去不了的地方呢？」柳京心想，在心中懷抱著一絲絲的期待，沒想到的是，這個選擇就這樣持續了三年。

聽到柳京爽朗地問：「現在國劇劇團還有表演嗎？」智遠淺淺地笑著。對智遠來說，柳京是能讓他逃離令他頭痛的戰場的唯一避風港。在這個將爭論對錯視為理所當然的世界，以及充斥著這種人的世界中，柳京不斷追尋自己喜歡的事物，看在智遠眼裡，這樣的柳京非常漂亮。這一次，她依然詢問著國劇劇團是否會登台演出。

「聽說這次在釜山劇場演出。」

「連在戰爭期間也還在演出耶！」

柳京突然停了下來，然後在雪地上閉上眼睛，腦中浮現出舞台和觀眾的畫

4 意指陪襯、跑龍套的小角色。

面，想像從遠處傳來的觀眾歡呼聲，舞台上堅固的台子在那一瞬間變得比什麼都真實，還有某人從觀眾席注視著她的目光。柳京非常清楚能讓自己變得幸福的方法，那就是想像。光看柳京的外表，會以為她從小到大似乎沒有吃過任何苦，但其實她也常常經歷到地獄般的瞬間。每當此時，柳京就會想像自己理想的模樣。無論是父母突然逝世，還是自己信任且依靠的某人不聲不響地消失時，她都會想像總有一天能重逢，那麼就稍微能緩減思念之情，所以柳京更喜愛能自由發揮想像力的舞台。智遠笑著看向想像自己站在舞台上的柳京，他覺得柳京閉上眼向想像中的觀眾打招呼時，看起來非常幸福，幸福到一點也不適合現在這個戰爭場景。

「我……好喜歡舞台。雖然我現在的舞台是戰場，可是總有一天能回到那個舞台吧？和其他演員一起……」

柳京的聲音比平時更加興奮，智遠則像平時一樣低沉地回答。

「妳很快就能回去了。」

「你看得到這場戰爭結束的跡象嗎？」

柳京用天真的聲音反問道，目光立刻變得炯炯有神。智遠直視著她的眼神說：

「是……所以妳將能回到舞台上，我一定會來接妳的。」

智遠對柳京說出這句話時，回想起三年前在咖啡店的承諾。

三年前，首爾咖啡店，秋天

「這麼做是在欺騙敵軍高層軍官，要是被發現，可能會沒命的！」

智遠看著柳京那雙炯炯有神的眼睛，暗自想著：「拜託妳多考慮一下，這不是可以這麼輕鬆決定的事。清醒一點！」但跟智遠心中所想的不同，柳京的眼神因好奇和感興趣而不斷閃閃發光，一口氣喝完咖啡後，用爽朗的聲音說：

「只要我能活著回來就行了。你先帶我去，然後再把我帶回這裡來就行了。」

「我說了，這樣很危險。」

「我沒關係。就算不是我，也要有人去，不是嗎？難道我的生命很重要，替我去的人的生命就不重要嗎？姜智遠少尉？」

雖然柳京是笑著說，卻一語中的，智遠無法回答。

「我也是在利用這次的任務。反正他們答應我，只要我順利完成這次的事情，回來後就能擔任主角，而且我也想去找人……所以我要進行這項任務。請帶我去，然後再把我帶回來。」

面對柳京堅定的態度，智遠明白他不可能說服得了。不簡單。智遠的視線緩慢地跟著悠閒地喝咖啡的柳京移動，在柳京身上看不出現在是在打仗的恐懼。這樣的人能活著回來嗎？智遠望向邊喝咖啡邊看著自己的柳京。

「是，我跟妳承諾，我會把妳帶去，然後再把妳帶回來。」

「但是你不需要努力守約，如果覺得辦不到，就拋下我吧！這件事也要承諾。」

「妳在說什麼……」

柳京放下咖啡，像是安撫慌張的智遠一樣說道：

「少尉，我們現在不是在打仗嗎？死活都看運氣。我父母在滿洲去世的那天也只是運氣不好，我怎麼樣也無法把他們救出來，所以如果覺得無法守約的話，就不需要費心，就當成是注定的！知道了吧？」

智遠猶豫不決，無法輕易回答，柳京的眉毛稍微動了一下。

「少尉，請回答我。這很難嗎？」

「怎麼能這麼輕易答應會拋棄妳呢？拋棄不是可以承諾的事情。」

「我不是說可以拋棄我，而是叫你要活下去的意思，是叫你不要為我犧牲，我也不會犧牲的。如果我有生命危險就會拋棄少尉的，所以答應我，無論如何都要活下去。」

為了能聽到自己等待的答案，柳京凝視著他，直到智遠點頭後，柳京才滿意地笑了。智遠在那一瞬間才發現自己完全敗給了這個不簡單的孩子，然後他下定決心，一定要遵守承諾，要讓她活著回來，送她回到舞台。

那天之後，柳京接受簡單的軍事訓練，然後乘降落傘降落到中國共軍基地附近，在其他事先滲透的情報員的幫助下，在中國共軍占領的地方開設一家咖啡店。無論是要親近張偉竊取情報，還是共軍要查出反共勢力而翻遍全城時，智遠總是在遠處或近處幫助柳京。這些年來，智遠一直牢牢地、堅定地遵守「承諾」。

轉眼間，他們已經走到張偉宅邸後院附近，柳京把智遠的大衣還給了他，智遠緩慢地接過柳京遞來的大衣。柳京收起視線，笑著道別。

「那麼你一定要來接我，我會等你。」

柳京靜悄悄地走進後院籬笆內。一個夜晚過去了，彷彿什麼事都沒有發生過一樣。智遠望著柳京的背影好一陣子，確認柳京進入張偉宅邸後才轉身離開，然後把林間小路弄得亂七八糟，移回之前清掉的樹枝和樹叢，並清除兩人在雪地上留下的腳印。距離可以讓那個孩子重新站上舞台的日子，真的已經沒剩幾天了，智遠向明月許願，希望能儘快整理自己負疚的心。

05 掃雷

北韓軍占領區，山中，冬天

此刻，賢浩不是穿著軍裝，而是穿著韓服，旁邊是同樣穿著破舊韓服的紅珠。兩人一前一後地走著，保持一段距離，氣氛有些尷尬。賢浩告知紅珠她被懷疑的那天，紅珠說出真心話後便推走賢浩離開了，從那之後，兩人就再也沒有說過一句話，加上這次的任務不是當初計畫好的，所以兩人看起來更加尷尬。原本要和賢浩一起扮演難民夫妻的是日華，但是日華在上次完成任務歸隊時肋骨斷裂，只好臨時改由紅珠代替她過去。

嘎吱嘎吱，兩人在雪中步行的腳步聲填補了空白。紅珠知道賢浩性格謹慎，所以她應該要先開口，但不知為何她開不了口。她根本不知道這種時候該怎麼做，距離上次發生這種事已經很久遠了，之前是怎麼和好的呢？好像是為妹妹東珠準備美味的一餐、給尹玉看盛開的野花叢，還有……她並沒有與其他人親近到會吵架的地步。紅珠知道是自己單方面對賢浩發火，所以也只有她能讓賢浩消氣。應該要說「對不起我突然生氣」，但是紅珠把自己害怕的一切都說了出來，這讓她看到賢浩時莫名地不太自在，加上現在走在雪中，雪已經積到膝蓋這麼高，在這麼難走的山路上實在沒什麼好說的。周圍可見的只有白雪和光禿禿的冬日樹木，葉子都已掉光，沒有一個可以轉移視線、輕鬆談論的話題。慶幸的是，正當紅珠苦惱該說些什麼時，賢浩開口了。

「聽說準午哥和美珍姐真的要成為夫妻了。」

紅珠想起了已經淡忘的聯合婚禮的消息。ＫＬＯ部隊裡有許多戀人，有人是在作戰中飾演夫妻，後來真的墜入愛河，也有人是在治療對方的傷口後，成為彼此的力量。戰爭也阻擋不了的就是人的心。準午和美珍當初是偽裝成夫妻進行滲透任務，所以他們的戀情在部隊裡是公開的。一年後，美珍肚子開始變大，便退出情報任務，改為在部隊內幫忙。美珍總是在等待準午作戰回來，紅珠回到部隊時也見過美珍幾次，雖然美珍見到紅珠時也會以開朗的笑容迎接，但因為回來的不是準午，所以美珍也隱藏不住稍微下垂的眉毛。美珍總是因準午遲遲未歸而感到不安，當準午終於回來時，美珍就拖著沉重的身體跑出去迎接，準午也朝美珍奔上前去。紅珠看著他們，浮現了從未想像過的感情。

聽說ＫＬＯ部隊會為幾對新人舉行聯合婚禮，包含準午和美珍。他們決定要在這個冬天結束之前，趁早正式公開他們的婚姻，總共會有七對夫妻。

「他們兩人提到這件事情時，看起來非常幸福。」

賢浩露出了淒涼的微笑，紅珠再次浮現了從未想像過的那種感情。「我什麼時候幸福過呢？什麼時候期待過未來呢？」賢浩以準午和美珍開啟話題後，繼續認真地說道：

「我不想當軍人。」

賢浩的表情看起來很悲傷。紅珠雖然盡力回答得不要太尷尬，但實際聽到自己發出的聲音時還是覺得很尷尬。

「……我知道。」

紅珠比任何人都清楚賢浩不想來這種地方的心情，因為賢浩在入伍第一天就哭得很厲害。

「我根本不想做這種事，我以前只會讀書……所以我只想過得平凡，遇到心愛的人，然後約定終身。」

紅珠等待許久，終於抓到機會趁機道歉了，如果不是這一刻，恐怕就無法說出口了。

「我知道。對不起我那天說了那種話，明明我也知道那不是你的錯，卻還對你生氣。應該是因為你總是替美軍傳話，所以我才會那樣。」

「這不是妳該道歉的，所以妳不用道歉。」

賢浩回答的聲音非常堅決。認識賢浩到現在，有見過他如此堅決嗎？紅珠敢肯定，從來沒有見過。他總是很害怕，不是在哭就是在笑，從未露出堅決的表情或以堅決的口吻說話。紅珠想起第一次見到賢浩的那天，賢浩像個孩子一樣哭個不停。現在他已經長得比當時還高，也會表現出堅定的神情，這樣說起來，也許賢浩已經變成了不同的人，紅珠產生了一種奇妙的感覺。賢浩說過他的夢想是當英語老師，他想教學生如何用英語跟人打招呼，讓學生沒有去不了的地方，他也希望幫助學生不被誤會，因此在翻譯兔子們的陳述時，他不得不變得無比慎重。

「我不該對你亂發脾氣，所以我要針對這件事向你道歉。」

聽到紅珠的道歉，賢浩爽朗地笑著說：

「如果是這樣，那我接受。」

賢浩的微笑和三年前初次見到紅珠時非常相似，這讓紅珠稍微放心一點。雖然紅珠也不知道為什麼會不安，但是能再次看到賢浩露出天真的一面，內心便感到稍微舒坦。兩人之間的氣氛跟之前不同，開始輕鬆了起來。紅珠和賢浩在積雪上留下了並排的腳印，然而，遠處傳來的槍聲打破這份和平。

那一瞬間，紅珠不由分說便一把抓住賢浩的手跑到雪路上，現在離他們的目的地，也就是敵軍地區還有段距離，要是在這裡遇到敵軍就太危險了。身分曝光固然是個問題，但有可能會無法到達目標地區。紅珠拉著賢浩走到山坡上，槍聲是從下方傳來的，只要爬上斜坡，就能稍微躲避敵軍的視線。紅珠急忙尋找能藏身的地方。積到膝蓋高度的雪拖住了紅珠的裙襬，也快要將賢浩的膠鞋埋住。不幸的是，賢浩的膠鞋卻在此時脫落，導致他倒在雪地上。賢浩一邊哀號，一邊抓著腳踝，紅珠急忙用手捂住賢浩的嘴巴。軍人們的軍靴聲、金屬撞擊聲、裝填聲、竊竊私語的聲音越來越近了。兩人躲在稍微突出的岩石後方，賢浩抓著發麻的腳踝，等待那個聲音快點過去。紅珠抱著賢浩，心臟跳得非常迅速，這是三年來都無法習慣的緊張感。

「你瘋了嗎？現在怎麼可以開槍？開槍的聲音也會曝露我們的位置。」

「不是啊！我剛剛明明聽到了聲音！」

「應該是動物吧？」

那聲音相當委屈。從敵軍聲音的數量聽來，應該只是兩三人的小組，可能是巡邏組。紅珠自然而然地認為應該要向上呈報，說敵軍的巡邏組還會巡邏到這附近。儘管心裡會覺得自己現在已經被我軍懷疑，這麼努力還有什麼意義，但是一直以兔子身分生活的她，已經形成了這種思考方式，什麼情報都可以儲存和背誦。

等敵軍沿著山路往下走，聲音漸漸遠去後，紅珠才鬆開捂住賢浩嘴巴的手，頓時感到全身無力。賢浩讓紅珠看他發紅的腳和腫脹的腳踝，眼淚已經流個不停。紅珠熟練地撕開濕透的裙襬，纏在賢浩的腳踝上。是日華教的方法。

「沒關係，你會好起來的。」

紅珠連連安慰賢浩，並拿起賢浩淹沒在雪地中的膠鞋，然後站起身來攙扶賢浩。賢浩沒有哭鬧，只是流下了成串的眼淚。紅珠想，這確實是我認識的賢浩，那個外表和內心都很脆弱的愛哭鬼賢浩，果然還是老樣子。為什麼我會感到不安呢？紅珠只能一直想著這點，戰爭前和戰爭後的生活變化太大了，紅珠深知視為理所當然的一切消失時有多麼可怕。

紅珠攙扶著賢浩，費勁地走了大半天，終於發現一個小洞穴。與其說是洞穴，不如說那只是大岩石下可以讓兩個人坐下的縫隙而已。紅珠將賢浩推進縫隙，然後趕緊從包袱裡拿出沒那麼濕的衣服來換。太陽快要下山了，要是體溫下降就太狼狽了。賢浩瑟瑟發抖地說：

「對不起……每次我都造成妳的負擔。」

「……今天你要在這裡撐住，知道吧？」

賢浩點了點頭，沒過多久就睡著了。作為一名翻譯兵，這是他第一次參與「兔子」作戰。紅珠心想美軍執意派賢浩出來，可能是因為懷疑兔子。到底是有多懷疑她才會這樣監視她？還是軍方更害怕賢浩會因為這樣的擔心而有什麼改變？她能相信誰呢？這場戰爭真的會結束嗎？她為什麼要來參與這場戰爭呢？其他消失的兔子又到哪裡去了呢？紅珠整晚冒出一個接著一個的問題，始終沒有找到答案，她只是不斷對空拋出任何人都不會回答的問題。

隔天，天才剛亮，他們就開始移動了。多虧紅珠徹夜用雪冰敷賢浩的腳踝，紅腫已經消退，他得以獨自行走。雖然走起路來仍是瘸腿的，但對於難民的角色來說卻是個非常完美的條件。現在必須走路了，要一直走，全身才會熱起來，這樣才能熬過這麼冷的天氣。賢浩走路時，所有的心思都在刺痛的腳踝上，紅珠則不停地思考哪裡才是此次作戰的終點，內心深處期盼著，今天也能活下來。

平壤，簡陋的倉庫，冬天

紅珠和賢浩抵達的地方是北韓軍隊的核心地「平壤」，他們偽裝成難民夫婦通過盤問後，前往接頭場所，那是一間破舊的倉庫。此次的任務是在倉庫裡與滲透到北韓軍方的情報員見面，獲取情報後歸隊。除此之外，其他事都尚未確定，兩人只能靜靜地等待情報員。就這樣，他們哪裡都去不了，等了差不多一天左右，造訪倉庫的人是最高人民會議常任委員長的秘書允貞。

「沒時間了。如果現在我開始說，你們全都能背下來嗎？」

允貞用生硬卻端莊的語氣道出情報，倉庫裡只聽得到她的聲音。紅珠和賢浩就像把允貞的聲音滲透到腦中一樣背下所有的內容。如果寫在紙條上，就可能會在盤問時被發現，那勢必會成為他們是情報員的鐵證，所以紅珠和賢浩能使用的方法只有死記硬背，內容是平壤的軍隊正在重新集結戰力、以及哪個部隊正在向哪裡移動。

就像這場看不到盡頭的戰爭一樣，情報也相當冗長。

「這就是全部。」

「應該夠多了。辛苦妳了。」

「今天我給的情報會被美軍懷疑的。」

「為什麼？」

紅珠向平靜地說出「會被懷疑」的允貞問道，心裡則反覆思忖著：「為什麼被懷疑是理所當然的？」

允貞從容地回答：

「因為這情報相當關鍵，關乎著幾百人的死活。」

「……即使他們的懷疑會讓我有生命危險，也是理所當然的嗎？」

允貞覺得紅珠是個非常容易被看穿的人，這麼容易被看穿的少女怎麼會來做這件事呢？這麼害怕死亡的孩子為什麼會加入這場戰爭呢？

「那是沒有辦法的。別太在意。戰爭本來就是那樣吞噬人心的蟲子……同志，妳為什麼會來做這件事呢？」

「……不知怎地就走到這裡了。」

紅珠想起了自己被炸得亂七八糟的房子。即使有休假，她也一次都沒回故鄉，因為沒臉見尹玉的母親，連要保護好尹玉的這個約定都沒能遵守，她怎麼能獨自一人四肢健全地回去呢？況且，當初入伍時的復仇之心也消失了。紅珠已經厭倦了一切，雖然有時也會企盼戰爭結束，但現在只能數櫃子裡的數字，根本無法想像戰爭結束後的狀況，戰時的一切已經變得太理所當然了。

允貞觀察紅珠的表情並道出了自己的故事。允貞的遠房親戚遭群眾公審而被公開處刑，後來看到這些平民老百姓都即將死去，因此產生了想要停止這場戰爭的念頭，後來她當上秘書，每次看到報告中不停增加的傷亡人數時，都令她感到挫敗。正好在這時，ＫＬＯ部隊的情報人員接近了她。

「由我們來結束這場戰爭吧！我們有這種力量，我們能做到。」

允貞當天下定決心對自己說。

「我想要的不是勝利，只是希望這場戰爭結束。對吧？同志們應該也都希望戰爭結束吧？」

允貞對紅珠從容地笑了笑，紅珠和賢浩也跟著笑了起來。雖然他們的故鄉不同、原因不同、想法不同，但是想結束這場無聊的戰爭的心情卻是一樣的。

「停戰協定正在拖延。妳知道嗎？」

紅珠搖了搖頭。

「我不太清楚，無從得知上級的想法，也不知道今天獲得的情報會用在哪裡。」

允貞點了點頭，似乎在表達這是理所當然的。

「過去兩年來協定一直在拖延，雙方只是在消耗戰力，領土一個個被攻陷……這樣的戰爭現在應該要結束。別忘了，妳是可以結束戰爭的人，只要想著這個就好。我們就是能夠結束這場戰爭的人。知道嗎？」

像軍人一樣生硬的語氣、嚴肅的表情和短髮。從外表來看，允貞是個成熟又堅定的人，目的非常明確，而且她確信自己為了達到目的該做些什麼。紅珠羨慕這樣的允貞，原來擁有堅定信念的人的聲音是這樣。紅珠想了想：「那我確信什麼呢？確信自己會被懷疑嗎？」無謂的想法越來越多了。

「是，我知道了。」

紅珠簡單回答後，允貞說她要回委員長的辦公室便快速離開，紅珠和賢浩也要穿過山林歸隊，因此趕緊上路了。在爬後山的過程中，紅珠一直希望能再見到允貞，雖然不知道還有沒有機會見到她。

北韓軍隊占領區和聯軍占領區交界處，山中，冬天

返回我軍基地的道路往往是更艱難的。前往作戰地區時可以搭乘降落傘或吉普車到作戰區域附近，賢浩和紅珠這次就是搭乘吉普車到達平壤附近地區，但回去時只能憑自己的雙腿走回去。從另一個角度看，這也是理所當然的，冬天在外走路是最困難的，在嚴冷的天氣裡可能會凍死，走在滑溜溜的雪路上也很容易受傷；此外，能用來標記位置的樹木、花叢或周圍自然環境都可能被積雪覆蓋；再加上，由於沒有可以藏身的天然遮蔽物，若剛好走到敵軍附近就會更加危險；路途中還可能誤觸埋在雪中的跳雷、遇到空襲，甚至是碰到野生動物，任何一種危險因素都讓人無法放鬆警惕。

雪上加霜的是，這次賢浩的右腳腳踝扭傷，所以必須更加小心。現在已經來到了平壤郊外山路，接下來得要不停歇地走四天才能到達基地附近，不，如果是

扶著賢浩走，速度還會更慢，所以要再加兩天。紅珠滿腦子都在想如何才能和賢浩安全地歸隊，在紅珠腦中儲存的地圖中，應該要選擇哪條路呢？有一條路雖然要走很久，但是走起來很輕鬆；另一條路雖然比較快，但是很危險；還有一條路雖然能走得輕鬆又快，但是埋有地雷。紅珠總是站在選擇的岔路口上。

接下來的幾天，除非是晚上，否則紅珠都是扶著賢浩走，途中她會把賢浩暫時靠在大岩石後面，去附近找點吃的。儘管正值嚴冬，沒什麼可吃的，但紅珠期待著至少能弄到葛根。過去紅珠以採人參為業，這也是她能以兔子身分生存下來的原因之一，因為眾多的兔子都是在歸隊的路上消失的。

也許是山神的幫忙，紅珠沒過多久就發現了山茱萸樹。紅色的萸肉是怎麼生存到冬季的呢？山茱萸樹上所有葉子都已掉落，它也是盡自己最大的努力守護山茱萸果實的吧？

「謝謝你守護這些果子，也謝謝你存活下來。儘管很抱歉，但我還是想跟你借果子。」

紅珠輕輕地抱住了山茱萸樹，這是紅珠一次也不曾漏掉的行為。作為採參人，她深信帶走山上的生命時，要維持最大的禮貌，這樣才能被山庇護。如果人們蜂擁而上，一股腦地挖走蘊含山林精氣的樹根，山會有多麼生氣？她跟山學到，即使是為了求生，也不能隨便奪走任何生命，這是父親說過的話，而山也透過一直保護紅珠證明了這一點。

紅珠時常想起那天見到的白兔。要是那天提早下山會怎麼樣呢？為什麼山偏偏在那天讓紅珠遇見白兔呢？紅珠所能做的就是對養育並守護自己的山保持敬意，希望這次山也能一起保護賢浩、一起擁抱他。紅珠帶著這樣的心情，用溫暖的手撫摸山茱萸樹，然後用手指輕輕摘下紅色的山茱萸果子。紅珠嚐了一口，雖然入口有點酸，但是滲入乾燥的喉嚨時卻是微甜的，真幸運。紅珠再次撕下已經撕開的裙襬，並用撕下的布包住果子，替賢浩綁繃帶時已經撕了一次，這次裝果子又撕了一次，破破爛爛的裙子對難民角色來說是完美的裝扮，卻抵不住冬季寒冷的風，兩腿間的涼意令紅珠痛苦不已，但紅珠將寒冷拋在腦後，如果能和賢浩一起分著吃山茱萸果子，應該再兩天就能回到基地。這個計畫相當完美。

然而，突然有一陣爆炸聲在山中迴盪，這並不在紅珠的完美計畫中，聲音是從賢浩所在的位置傳來。不幸的是，還伴隨著賢浩的慘叫聲。

紅珠急忙將山茱萸果子放入前襟，奔向賢浩所在的大岩石那裡。賢浩已經暈倒了，眼睛上方都是血。一瞬間，紅珠產生了既視感——滴在雪上的血跡、鮮明顏色的強烈對比、無法忘記的尹玉。紅珠頭暈目眩，脖子發酸，視線模糊，她走向賢浩，連自己流淚了都沒察覺。一直都生活在部隊內的賢浩，好像是沒有發現而誤觸了地雷，在地雷的爆炸下，他的右腳踝已經不見蹤影，地雷碎片似乎扎進賢浩的身體，他全身布滿各種小傷口，鮮血漸漸滲出棉衣。紅珠快要失去理智了，這是她不願再見到的死亡。

「不要死！不要在我面前死掉！」

紅珠的吶喊傳遍了整座山，她哭喊著「千萬別死」，似乎也快暈過去了。懷裡的山茱萸果子已經被壓爛，染紅了前襟，賢浩輕輕地抽泣著，看來只是受到了太大的衝擊，暫時暈倒而已。賢浩輕輕睜開眼睛後，紅珠流淚注視著賢浩的雙眼。

「你不要死，打起精神來。」

「……好痛、好痛啊！」

「不要死，我求求你。」

紅珠抓著逐漸失去意識的賢浩啜泣著。

賢浩說剛剛突然有鳥兒飛過，他好奇是不是發生了什麼事，於是稍微出來看，結果自己莫名地飛向了天空，後來的事就什麼都不記得了。

紅珠用衣袖擦掉眼淚，也叫自己打起精神來，她有該做的事，而且一定要完成。紅珠在戰爭中學到的一件事就是——哭不能解決問題。

接著，紅珠將隨身攜帶的布袋撕成很長的布條，並靠近賢浩被炸飛的腳踝，當紅珠用冰冷的雪蓋住傷口時，賢浩立刻痛苦地哭嚎，紅珠試圖冷卻傷口來抑制賢浩的痛，可是賢浩的傷勢過重，再怎麼抑制也無濟於事，但總比什麼都不做好。紅珠把自己布袋裡的布全部撕開，編成了一條相當長的繃帶，然後用繃帶緊緊纏住賢浩的傷口。每當繃帶碰到傷口，賢浩都會因疼痛而掙扎，但他已經盡可能在為紅珠著想了。

「我會讓你活著回去，所以你要打起精神。」

紅珠立刻扶起賢浩，賢浩雖然因從未經歷過的痛苦而快要失去意識，但他還是努力聽紅珠的話。紅珠整晚攙扶著賢浩行走，反覆地說「要活著」、「再堅持下去」、「打起精神來」，然後紅珠第一次談起了家人。賢浩聽著紅珠的故事，努力保持清醒，無論是紅珠開玩笑地說「該死的白兔」，還是說差點被中國共軍抓到時，賢浩一直回答「原來如此」。紅珠透過賢浩的回答確認賢浩還活著，她說了很長的故事，試圖振作精神，否則她也快要跟著昏倒了，同時內心不知道在對誰哀求著：「拜託救救賢浩吧。」

賢浩誤觸的地雷是我軍的。紅珠在纏繃帶之前，替賢浩拔出扎進傷口的地雷碎片時，清楚地看到了字母。雖然她不會讀、不會寫，也不會說，但那確實是我軍的地雷。然而，這並不重要，現在是戰爭時期，敵軍和我軍都會有人死，重點是，既然是我軍，就應該要立即救活賢浩。紅珠連在夜裡也不停地走著，直到看到基地的燈光、穿過松林路遇到哨兵為止。

哨兵們精神緊繃地盯著穿過松林路的奇怪人影，那不是兩個人，也不是一個人，難以分辨，到底是什麼樣的存在？正當他們百思不得其解時，紅珠攙扶著渾身是血的賢浩走出松林，哨兵們看到後嚇了一跳。

「現在我就是名牌，不用拿出來了吧？」

全身靠在紅珠身上的賢浩早已昏厥，紅珠似乎下一刻就要暈倒了，鞋子早已不知去向，雙腳已經傷痕累累，哨兵們上前代替紅珠扶持賢浩。在約翰少尉聽到哨兵報告後趕來的期間，賢浩已經被轉移到基地內的簡易病房，由於傷勢嚴重，他將會像日華那樣送往位於首爾的美軍野外醫院，真是太好了，只要熬過今晚，賢浩應該就能活下來。這下可以放心了。也許是全身的緊繃立刻緩解，紅珠當場就倒下來，約翰少尉跑過來接住倒下的紅珠，親自將紅珠搬上簡易病床，而不是審問室，看到渾身是血的隊員，約翰少尉產生了罪惡感。紅珠之前積欠的睡眠債，全部一次湧了上來。

兩天後，紅珠在審訊室道出所有允貞提供的情報。允貞提供的情報是敵軍的戰鬥順序，其中還包含了現在北韓軍隊正在移動的位置。雖然回來的時候累得不成人形，但紅珠的報告依然一字無誤。對兔子而言，背誦是習慣，是要賭上性命的，如果記不住情報，就沒有理由走那麼險峻的路。在紅珠報告的過程中，約翰少尉只是頻頻點頭。看到約翰少尉表情嚴肅、不發一語地看著自己，紅珠有很多事情想問：你相信我們嗎？你相信我帶來的這些情報嗎？你能救活賢浩嗎？你知道戰爭什麼時候結束嗎？你為什麼要參加別的國家的戰爭，吃這麼多苦呢？對你來說，這場戰爭意味著什麼？但是這些問題都被紅珠吞下去，埋在內心深處。

紅珠報告一結束，約翰少尉就說：「Take a rest.」當了三年的兔子，就算不懂英文，至少也能懂個大概。紅珠用傷痕累累的腳走回宿舍，聽說賢浩在紅珠昏睡的那天早晨被送往野外醫院。他會活下來的，一定會，必須要活下來。

06

咖啡店老闆「柳京」

中國共軍占領區，咖啡店，冬天

即使是在打仗，市區的人還是得維持生活，當然很難說是正常的生活，但至少還是得過日子。

柳京第一次來到這個地方，是在智遠的幫助下才得到咖啡店老闆的身分。以作戰的角度來說，這是一個核心地帶。打仗時要取得優勢才會獲勝，但以情報戰來說，他們需要最不會被懷疑又能竊聽到情報的地點，其中一個就是讓人們放鬆警戒的咖啡店。中國共軍很喜歡柳京經營的咖啡店，除了是朝鮮人之外，年輕又漂亮的女老闆並不會造成太大的威脅。他們理所當然地以為柳京聽不懂他們說的中文，所以大聲喧嘩時並不會想太多。

事實上，柳京小時候住在滿洲，經歷過失去國家的悲傷，也多虧了那個時期，她現在也會講中文[5]。這塊占領區域是統率中國共軍部隊的張偉其臨時宅邸的所在地，柳京為中國共軍提供一個休息場所的同時，也能巧妙地竊取情報，再加上率領中國共軍第三師團的張偉非常喜歡柳京——某種程度上這也是被精心策劃好的——所以柳京更容易竊取情報。因此，這裡實際上等於是情報的中心地。

今天柳京照樣以美麗的笑容迎接中國共軍客人，同時在心裡說：「你好，我

5 滿洲現為中國東北地區。因位處邊疆，與朝鮮、中國、日本歷史關係複雜。1932年，日本為佔領中國東北地區，成立滿洲國作為魁儡政權。1945年日本戰敗，滿洲國亦隨之滅亡，並於1949年正式回歸中國，成為中華人民共和國一部分。

的情報員們」。柳京故意用破爛的中文招呼他們，同時拿出菜單。

「咖啡？兩杯嗎？」

「對，我要喝那個！」

柳京在咖啡店工作的時光還算平靜。面對周遭客人偶爾的戲弄和諂媚，面無表情地忽略就是正確答案，反正他們也沒有造成更多的問題，況且會來這間咖啡店的中國共軍客人都知道柳京受到張偉的寵愛，所以不敢輕舉妄動。張偉既是情報來源，又是柳京的擋箭牌。

這時，張偉突然光臨咖啡店來找柳京，店內所有的中國共軍頓時挺直腰桿。張偉比出手勢，示意「放輕鬆」後，懂得察言觀色的共軍便用眼尾餘光觀察張偉和他的同行者，然後安靜地喝著咖啡。

到目前為止，這些場景柳京早已習以為常。然而，出乎意料的是，這次張偉身邊竟然出現她熟悉的面孔，那是姜智遠少尉！對柳京來說，比起張偉突然找上門來，智遠穿著中國共軍軍服站在旁邊更令她吃驚。

面對以笑容掩飾驚訝的柳京，張偉走近說：

「看到妳對我今天的造訪笑得這麼燦爛，我真開心。」

然後靠得更近，在柳京耳邊竊竊私語：

「那天晚上我可能太累了，才會突然睡著了……我也真是的……近期我會再叫妳過來，妳要再來喔！」

張偉是個年輕的軍團團長，不僅長得帥，也相當體貼，但柳京根本不在乎他，他只不過是主要的情報來源而已。柳京笑著，似乎表示自己聽不懂中國人張偉說的話，張偉暗道不妙，便要求一旁的智遠幫忙翻譯。張偉把剛剛對柳京說的冗長又噁心的句子講給智遠聽，智遠則木訥地傳達那番話：

「他說近期會再叫妳過去。」

「只有這樣嗎？中文聽起來好像更長耶！」

柳京早就聽懂了，但還是想捉弄站在她面前的智遠。智遠猶豫不決，張偉立刻拍了一下智遠，並問：「為什麼不把我的話告訴她？」

「……嗯。柳京同志，妳的……」

張偉虎視眈眈地盯著智遠。智遠知道柳京肯定聽得懂，卻表現出一副什麼都不知道的模樣，令智遠滿腦子困惑。猶豫不決的智遠繼續說道：

「……我無法忘記妳美麗的笑容。希望能在漆黑的夜晚再次看到妳的那抹微笑，但我是忙碌的男人，希望妳能原諒我……。我很想妳，希望近期妳能再來看我。」

智遠的臉越來越紅，柳京笑了出來，覺得智遠的樣子很好玩。張偉以為柳京聽懂了自己說的話，所以也一起笑了。柳京看著智遠說：

「你說過會再來的，一定要守約喔！我會一直在這裡等你……我也很想你。」

那一刻，智遠只是愣愣地看著柳京，柳京催促著智遠：

「趕快告訴他，馬上跟他說。」

智遠沒有對張偉說「很想你」，只是說「我會等你的」，張偉覺得柳京說了很多，但智遠轉達時卻說得很簡單，因此怒視著智遠，然後再次向柳京露出深情的笑容，接著便和智遠一起離開了咖啡店。

二人離去後，柳京有預感這次的作戰快到尾聲了。看來今天沖的咖啡應該會更香。

07 崇高的犧牲

首爾，美軍野外醫院，冬天

賢浩在野外醫院睜開眼睛，被地雷碎片扎滿的傷口全部都被繃帶纏住，右膝以下的部位已經都沒了。賢浩看到這情景後又昏了過去，對於軟弱的賢浩來說，這事實就算親眼再看一次也難以置信，就這樣，他又昏睡了兩個小時左右，當他醒來時，發現日華在他旁邊。

「起來了嗎？」

「喔！是日華啊！」

賢浩看到自己失去的腿，再次感到眼前一片模糊，還好日華突然打了他的後背一下，他才恢復神智。

「打起精神來！又要昏倒嗎？」

「啊……紅珠呢？」

「聽說紅珠姐姐沒什麼大礙，她人在基地。」

「……真是太好了。」

「你以後要感謝紅珠姐姐，聽說她從山裡一路扶著你走回來。很多人在那樣的山上甚至連同伴都會拋下，自己一個人走，因為太辛苦了……。我還以為你會保護姐姐，沒想到竟然只是姐姐的累贅。」

「哈，就是說啊……」

「還好你活下來了，這點做得好！」

日華很有朝氣地說完後，聽到護士的呼喚就一溜煙地跑了過去。明明她自己也是因為肋骨骨折才來這裡的，看來她依然到處幫忙。獨自被留下的賢浩看著右膝以下已經消失的腿，嘆了一口氣，起碼自己活了下來，沒有死掉，也算是信守諾言了。賢浩一直想起紅珠的話「不要死」，這麼懇切的話竟然是從紅珠口中說出……還以為她總是冷漠又沉著，看來並非如此，說不定她一直都在忍著。賢浩本來想要趕快告訴紅珠自己還活著，但不管怎麼想，他都不知道接下來該怎麼辦。唉，他想念紅珠了。

首爾，ＫＬＯ部隊總部，冬天

由於翻譯兵突然住院，崔大熙少校非常頭疼。聽說是遭到夜間突襲，但現在問題不是這個，幾個小時後就是ＫＬＯ部隊的參謀會議，必須當面和美軍開會，所以無論如何都要有翻譯兵才能順利開會，可是現在翻譯兵卻無法出席。這時，副官伴隨著敲門聲進來了。

「聽說前線基地的翻譯兵住進了野外醫院。現在好像已經清醒了。」

「趕快把那個傢伙給我抓來！」

「但是他誤觸地雷，腿已經截肢了……」

「所以呢？」

「什麼？」

「所以呢？難道是嘴被截了嗎？還是脖子被截了，不能翻譯嗎？」

「沒、沒有。」

「所以我叫你把他帶來！馬上！」

在崔大熙少校的呵斥下，副官不敢多說什麼。

「是，我知道了。」

副官慌張地走出去後，崔大熙少校比較了放在桌上的文件，那是待會要在參謀會議上討論的內容，主要是兔子帶回的重要情報內容有出入，而且是微妙的差異，因此他們必須調查哪個才是真的，兩個情報都是戰鬥順序，是非常重要的資料，但部隊移動時間略有不同。由於這些都是靠背誦下來的情報資料，當然不能要求百分之百的可信度，可是其中一份情報是來自北韓高層秘書允貞，另一份情報是來自中國共軍那邊、一直以來準確率都極高的柳京，兩人都沒有犯過錯。唯一令他耿耿於懷的就是，那位將允貞情報帶回來的兔子。據說她還經歷到地雷意外，記憶確實可能失準。話說回來，有沒有可能是柳京被懷疑呢？柳京持續竊取中國共軍的情報，由於準確率極高，已經幫助他們擊退三支部隊，所以會不會是中共軍官懷疑柳京，故意給她錯誤的情報呢？這些想法在崔大熙少校腦中快速閃過。根據選擇的情報，參謀會議上要決定的空襲地點和日期會有所不同。

在持續消耗戰力的局面下，空襲是一項相當大的投資，因此要有效率才行，要投在最多敵軍部隊進駐的地方、可以一舉殲滅這些部隊的地方，同時切斷糧食補給路線引發大量傷亡和損失，那應該是哪裡呢？此外，也必須挑選適當的時機，才能將戰爭導向勝利的局面。

在野外醫院的賢浩突然被少校呼叫，於是他拄著枴杖走過去，賢浩很快就習慣了枴杖，雖然很悲哀，但似乎以後就要繼續這樣生活下去。副官親自駕駛著軍用卡車，載著他們抵達召開ＫＬＯ部隊參謀會議的地方。副官事先跟賢浩說明，他們要在會議評估情報的可信度。本來，在美軍和韓國軍人之間翻譯非常簡單。然而一進入正式會議，賢浩就緊張得差點丟了半條命——這不是單純的翻譯而已。如果自己翻錯了，戰略就會完全顛倒。賢浩努力避免失誤，而且為了避免翻譯出錯，若出現不確定的單字，他還得仰賴字典。雙方在幾個小時內比較了全韓國情報隊員們傳回來的情報，並以此為基礎制定戰略，之後要在更大的參謀會議上說明戰略。在討論當中，賢浩意識到他們正在評估賢浩和紅珠帶回來的情報可信度，現在他們無法確定誰說的才對。

「我也一起聽到那位委員長秘書提供的情報，那個作戰是我和那位兔子一起去的。我跟那位兔子一起聽了完整的情報並背了下來，因此我認為可以排除那位兔子因發生意外而記錯資訊的假設。」

這是非常小的勇氣。賢浩說出來後才意識到自己在參謀會議上的位階實在太低了，但是他非說不可，他再也看不下去紅珠被懷疑了。

「你敢肯定嗎？」

崔大熙少校直視賢浩的眼睛問道。賢浩也不服輸，對視著說：

「是，我可以肯定。」

「就算那位兔子沒有記錯，那你認為兩者中誰的情報正確呢？十五天後北韓軍隊會到張偉部隊占領區跟他們會合，以及十天後北韓軍隊會跟他們會合，哪個才對呢？我們當然要等北韓軍隊會合後再空襲，這才是最有效的。」

「這麼說來，還剩半個月的時間，要不就再派前線基地的兔子去確認看看？雙方都要再去確認一下。」

「有時間嗎？」

「沒有也要有。」

「那麼我們到時再進行交叉比對。」

討論出來的內容是，雙方一致認為要空襲目前張偉停留的中國共軍占領地區，還要配合北韓軍隊跟他們會合的時間。現在關於確切時間有兩種情報，所以要再進行一次交叉比對，帶回允貞情報的兔子要再向張偉那邊的兔子確認，另一邊也要再次確認，比較後才能知道哪個情報更值得信賴。賢浩靜靜地聽完後，忽然意識到，這表示紅珠要前往的地方有可能是空襲地點，許多人提到平壤的高樓大廈統統被炸毀了。會議結束後，賢浩走近崔大熙少校，問：

「您打算把兔子派到那裡嗎？張偉所在的地方？」

「沒錯。」

「那裡是預計要空襲的地點，很危險。」

「這是早就決定的事。對兔子來說不就是個機會嗎？她已經被懷疑了，如果這次作戰成功，她就能洗刷汙名。」

「即使如此，從今天開始要在十五天內回來也很勉強，而且那次轟炸可能會殺死其它在那裡的兔子……」

崔大熙少校打斷賢浩堅持要講下去的話。

「我知道，這是崇高的犧牲。」

「什麼？」

「如果能以她們的犧牲贏得戰爭，那就再好不過了。」

「大家都應該要活著！這樣才是真正的勝利，不是嗎？」

「都活著？難道你認為在戰場上有可能大家都活著嗎？」

聽到賢浩的提問，崔大熙少校嘲笑似地說：「這種話是不懂人情世故的孩子才會說的。要在敵人開槍之前射擊才算贏！你不懂嗎？這就是戰爭。我們三年來都是這麼做的！聽懂了就滾吧！」

崔大熙少校別過身去，準備要離開，賢浩卻伸手緊緊抓住他的衣領，可是他沒有理會賢浩的手，想要快速走過，還不習慣枴杖的賢浩旋即直接摔倒在地。

咚！崔大熙少校瞥了一眼，似乎嫌麻煩，所以沒有停下腳步，賢浩卻抓住了崔大熙少校的腳踝。少校對賢浩的行為大嘆了一口氣，賢浩的手因懇切而顫抖，望著崔大熙少校說道：

「為什麼要做到這種程度呢？請不要在那裡空襲。至少要告訴兔子們，叫她們逃跑。我求求你，難道她們不是我軍嗎？」

崔大熙少校從上面俯瞰哀求的賢浩，以冰冷的表情問：

「那裡有你想拯救的人嗎？」

「是的！所以我拜託你！難道那裡沒有少校想救的人嗎？」

「沒有。」

聲音低得令人毛骨悚然，崔大熙少校與蜷縮著倒下的賢浩對視。

「因為我想救活的人都被共匪殺了。」

從這麼近的距離看見崔大熙少校的眼神後，賢浩意識到跟這個人說什麼都說不通，他的眼神一點光亮也沒有，笑起來的樣子反而讓人毛骨悚然。就算是在笑，眼神看起來卻一點都不開心、不感興趣。他並不是對戰爭狂熱，也不是對戰爭感到遺憾，而是沒有表現出任何情緒。

「所以，這樣跟我哀求沒有用。在這場戰爭中，我考慮的只有如何才能殲滅共匪，過去三年裡，我每天、每一刻都是這樣；況且我也不能錯過這麼好的機會。你的事情令我惋惜，但戰爭不是靠惋惜取勝的。如果要比可憐，那我每次都能贏。」

崔大熙少校的笑聲中摻雜著自嘲，然後右腳甩開了賢浩緊抓著的手，以不輸給任何人的冰冷表情轉過身去，他那雙一點也不閃亮的眼睛越來越黯淡了。少校腦中只有一個目標——如何才能最有效地剷除這些共匪——這想法是從他的家人被殺的那天開始的。上頭說的理念什麼的，對他來說並不重要，共匪只是殺害自己親人的敵人罷了。在戰爭中首要的不就是勝利嗎？在韓戰爆發之前、從KLO部隊創立時起，帶著他一路走到這裡的就是復仇之心，這是不知道該向誰發洩的憤怒，是無止境的報復。

副官跟在崔大熙少校後面，小聲地問：

「我們不是已經派人去調查敵營了嗎？他都哀求成那樣了……」

「反正一張牌是贏不了的。戰爭並不是一對一的對決，趕快把那個傢伙送到野外醫院。偷偷派出其他人員是我們之間的祕密，明白嗎？」

「是！」

首爾，野外醫院，冬天

崔大熙少校離開會議間後，賢浩在副官的攙扶下再次回到野外醫院。躺在硬梆梆的床上，賢浩翻來覆去，明白了一件事情，那就是他現在沒有任何一個方法可以保護紅珠。當賢浩承認這一點後，全身頓時湧起一股無力感，彷彿什麼事都做不到。他躺在醫院病床上，想像各種情況，依然想不出任何好辦法。就實際面來看，最理想的方法是讓紅珠受傷，這樣她就去不了中國共軍占領地區。他竟然希望紅珠受傷？賢浩也對於這種想法感到痛苦。紅珠為什麼要救活這麼沒用的自己呢？還多達兩次。

紅珠第一次救活賢浩是在一年前。

賢浩是小康家庭中的獨生子，先天身體虛弱，所以不喜歡運動，更喜歡在家看書，這樣的賢浩會入伍是因為他會說英文，也是他身為兒子的選擇。賢浩的父親希望他能和美軍一起共事，他無法拒絕，同時也不想只是有氣無力地待在家裡，連自己的前途都決定不了。他擔心自己無法展現出令父親自豪的樣子，於是決定加入軍隊，賢浩的父親對於兒子能在美軍底下工作非常高興。父親拍了他肩膀兩次，這讓賢浩認為自己的選擇是正確的。

「不愧是我的兒子。不要讓我失望。」

但是一上戰場後，賢浩就後悔了。

地上散落的血跡與肉塊、震破耳膜的爆炸聲……所有的一切加總起來讓賢浩的胃腸感到翻天覆地。沒錯，抵達ＫＬＯ部隊的第一天，賢浩就吐了。紅珠見狀便拍著賢浩的背，淡淡地說道：

「你要習慣才行。」

「這種事情怎麼能習慣？」

「不是能習慣，是要習慣才能活下去。」

紅珠遞給賢浩一塊小巧克力，賢浩吃著巧克力塊，呆滯地望向紅珠。

「我也是軍人，是ＫＬＯ部隊的情報隊員『徐紅珠』，我十九歲，和你同年，是李熙媛少尉告訴我的。」

「喔……妳好。」

雖然賢浩的心情在吃了甜甜的巧克力後恢復平靜，但他卻相當難為情。正當蹲著的賢浩還在猶豫開口時，紅珠一把抓住了賢浩的手臂，把他扶了起來，接著說要帶他去基地內部看看，跟他介紹環境。賢浩搓著軍褲，擦了擦手心上的汗，他好像因為被發現是個膽小鬼而感到難為情，不過紅珠的神情看起來完全不在意。

然後就在那一刻，突襲轟炸開始了。賢浩被這輩子第一次聽到的爆炸聲和刺眼的亮光給嚇呆了，接著，炸彈就落在賢浩旁邊，僅僅相隔一掌寬的距離而已。

當兵的第一天，他就差點被炸得粉碎。

賢浩全身更加僵硬，紅珠急忙抓住賢浩僵硬的手，躲進基地內的簡易病房，裡面的環境極其惡劣，藥品的使用期限幾乎都被抹掉，由於情況緊急，流血的軍人正在等待送往野外醫院，尚未舉行葬禮的屍體也被放在那裡。賢浩意識到這裡簡直就像地獄。紅珠將軍用毯子捲成圓筒遞給賢浩，要他蓋住頭，兩人就這樣拿軍用毯子蓋著頭，蹲低身子，等待轟炸結束。紅珠非常平靜，賢浩則哭了出來，紅珠從那時起就說賢浩是個「愛哭鬼」，一個善良的愛哭鬼，只會說英文的傻瓜。

轟炸結束後，紅珠抱住了渾身瑟瑟發抖的賢浩。

「抱一下就會好一點的。第一次來的人都會這樣，沒關係的，緊張也沒關係。」

紅珠的語氣雖然生硬卻很親切，當她成為兔子裡年齡較長的人後，她總是負責安撫剛進來的少女們。雖然紅珠在面對害怕的少女們時並不總是特別溫柔，不過她會一直陪伴她們，無論是輕拍還是擁抱。某天，當她一如既往安慰新來的少女時，才發現最近自己幾乎都沒哭過，上次哭是什麼時候呢？為什麼不哭了呢？明明有很多次想哭啊。那天紅珠看著哭泣的少女想了又想，原來我已經變得很遲鈍了啊！李熙媛少尉信任紅珠，於是請紅珠照顧中途獨自入伍的翻譯兵賢浩，也告訴紅珠他們同年。

賢浩覺得和自己同齡的紅珠就像大人一樣，稚嫩的臉上看不出她心中的想法，她的聲音一點都不緊張，非常沉穩。她覺得這種情況很自然嗎？她是不是經歷過很多次？她已經對這些情況很熟悉了嗎？終結這些想法的結論只有一個，那就是她應該很辛苦。想到這裡，賢浩也用力抱住了紅珠。不知怎麼的，兩人互相安慰了起來，這是他們怪異的初次見面。後來，紅珠每次都能越過死亡關卡回來，而賢浩則會在基地迎接越過死亡關卡的紅珠。看到紅珠歸來，賢浩真的很開心，那一刻彷彿所有的擔心都一掃而空。就這樣，賢浩一再越過紅珠的界限想要更靠近她。

❀ ❀ ❀

「現在要換繃帶了！」

日華來找賢浩，要將他身上已經髒掉的繃帶換成新的，日華絮絮叨叨地說，戰爭結束後要去當護士。她在這裡認識護士後，跟護士結緣，想要等戰爭結束後去護士學校接受正式的教育。她興奮地說有自己想做的事情是非常好的事情。

「我也要趕快讓紅珠姐姐知道這個消息！」

日華繼續唸著，同時觀察賢浩的表情。為什麼那樣哭了呢？而且還一聲不吭地哭。賢浩躺在床上默默地流著淚。日華解開賢浩身上髒亂的繃帶，那是賢浩在抓住崔大熙少校時摔倒而弄髒的，尚未癒合的傷口還腫得很厲害。

賢浩似乎是因為痛苦而啜泣著。雖然也是因為傷口尚未癒合，但他更擔心以後再也見不到紅珠了。在日華用新的繃帶包紮時，賢浩便藉著那股疼痛放聲大哭，日華纏繃帶的手因此移動得更緩慢。賢浩還想再繼續哭，想到自己現在能幫助紅珠的只有不斷的祈禱和擔心，令他感到十分挫折；再加上現在四肢不健全，他討厭自己只能變成紅珠的負擔。想到這裡，賢浩躺在床上時，只能一再地、不停地期盼：「妳一定要活著回來，就像往常那樣，妳一定要回來。我會去迎接妳。」

第二部

08 任何人都有祕密

中國共軍占領區，巷弄，冬天

漆黑的夜晚，紅珠從中國共軍占領地區的後山下來，穿過巷弄，走向市區。在這種混亂中，自己還要再次來到這種危險的地方作戰，紅珠對此感到非常意外。她沒有軍人編號，沒有酬勞，受盡各種懷疑，竟然又出來執行任務？紅珠開始深入思考自己為什麼要做這種事，但無論她想得再怎麼多，一回神就發現，她還是依然在做這件事，而且還非常努力。也許是因為她無法回去故鄉了，所以二十名少女一起合住的基地宿舍就是自己的家，因此她離不開。紅珠試圖努力回想故鄉的面貌，但現在已經很難想起了，腦海中浮現的依然是尹玉滴落在白雪上的鮮血。

紅珠將這些複雜的思緒拋諸腦後，反覆思索著允貞說過的話：「我們就是能夠結束這場戰爭的人」，她可以期待戰爭之後的生活嗎？走在路上，紅珠的腳一直深陷在雪中，難以區分是腳步沉重還是頭腦沉重。

然而，這時發生了意想不到的情況。

三名中國共軍迎面而來，擋在狹窄的巷口，他們看著紅珠，一邊笑著，一邊靠近。隨著距離越來越近，紅珠可以聞到他們身上飄來的淡淡酒味，於是轉身開始逃命似地狂奔，「不能被抓到」——這是出自本能的恐懼感，是必須逃跑的訊號，這種本能的恐懼大多是正確的。

紅珠身後傳來軍靴聲和令人毛骨悚然的笑聲，紅珠馬上意識到情況不妙，拚命狂奔後才發現是死路一條，眼前空蕩蕩的平地上只有一間倉庫。紅珠轉過身，看到中國共軍已經朝自己奔來，身後只有一個老舊的倉庫，應該已經荒廢許久，而她面前則是三名喝醉的中國共軍。

必須要擺脫這個局面才行，可是現在正在打仗，很難期待有誰會過來幫忙。紅珠試圖要拿點什麼東西，便衝向放在倉庫附近的鐮刀，但是其中一位中國共軍動作更快，他已經拿起鐮刀，並將鐮刀伸向紅珠的脖子。

其餘兩人也走向紅珠，一人一邊抓住她的手臂，然後用中文說了些什麼後就笑了出來。即使紅珠聽不懂中文，也能大致看出現在是什麼情況，於是她一邊大喊一邊拚命地掙扎，試圖甩開中國共軍的手，但力氣差距太大，再加上鐮刀又離脖子太近，每次身體一有動作，鐮刀都會輕輕地碰觸到肌膚，紅珠已經感受到脖子傳來的些微涼意，開始有少量的血液流過她乾燥的皮膚。

紅珠目不轉睛地盯著面前的中國共軍。拿著鐮刀的中國共軍從正面走來，解開紅珠上衣的衣帶，這時紅珠奮力踢向了他的要害，也許是衝擊太大，軍人手上的鐮刀掉到了地上。雖然弄掉了鐮刀，然而此刻中國共軍臉上的笑容已然消失殆盡，就在他那張因充滿憤怒而漲紅的臉即將要更粗暴地靠近時，紅珠抬起雙腳踢向他的胸口。多虧了兩位中國共軍緊緊抓住紅珠的手臂，紅珠這一踢才有辦法踢得紮實。沒想到抓住紅珠右臂的中國共軍此時突然抱頭倒地，頭上滲出鮮血。紅珠回頭一看，發現眼前站著一位跟紅珠同齡的美女，手持著已經被敲碎的酒瓶，原本抓住紅珠左臂的中國共軍準備要撲向那女人時，卻倏然停住。

「你知道我是誰吧？」

雖然她笑著說話時很漂亮，但聲音很恐怖。

「……妳會說中文？」

中國共軍在醉醺醺的情況下驚訝地問道。女人笑著，再次用流利的中文說：

「我建議你最好閉上嘴離開這裡，是每天泡在酒瓶裡的你們說的話可信？還是我的話可信呢？把你的同伴帶走，滾出這裡吧！」

一聽到這番話，另外兩名中國共軍立刻攙扶著流血暈倒的同袍離開了。

紅珠彎腰向女人道謝，要怎麼用中文道謝呢？此時，紅珠上衣的名牌掉了下來，因為剛剛的事情，她的衣帶都解開了。女人撿起名牌後念出了名字「徐、紅、珠」。喔！原來她會說韓文！紅珠便用韓文道謝，然後慌忙地拿回女人手中的名牌。紅珠不理會女人驚訝的神情，再次彎腰示意後就轉身離去。

紅珠離倉庫越遠，腦中就越混亂，名牌竟然被發現了！該怎麼辦才好？雖然不是兔子就不會知道那個信物的涵義，但現在又不是朝鮮時代，身上攜帶名牌，這本身就足以讓人起疑。要是被懷疑的話就麻煩了……突然間，紅珠的腦海裡浮現一張臉，跟剛剛看到的女人長得一模一樣卻更稚嫩的臉龐。她很肯定自己以前有見過這個人……

四年前，惠化國劇劇團，春天

東珠牽起紅珠的手。這是東珠第一次來到首爾，她的目光被這五光十色的世界給吸引住，蹦蹦跳跳的樣子像極了一隻青蛙。幾天前聽說尹玉去了首爾，東珠便興奮地纏著紅珠說也要去。東珠激動地說，她第一次見到這麼多人，接著視線就被劇團的招牌吸引，於是牽著紅珠走到惠化國劇劇團的表演場地門口。

聽到妹妹說想看國劇劇團的表演，紅珠摸著單薄的錢包。無論東珠再怎麼眨著水汪汪的眼睛詢問，紅珠都不允許，不，是錢包不允許。

「不行。」

「是太貴了嗎？」

「對啊！」

東珠聽到紅珠堅決地拒絕後，垂頭喪氣地放棄了。紅珠看到東珠雙肩垂下的背影感到惋惜，同時也格外好奇。到底那是什麼，大家怎麼會這麼喜歡？

柳京在售票口望著東珠和紅珠，演出馬上就要開始了，售票口的工作人員對柳京說：

「今天也沒有那個叫妍熙的人。妳是不是白買了？就直接退給妳吧！」

柳京聽到後回答道。

「不要退錢，現在就把票給我，然後我要再買一張！」

「咦？」

「反正我等的人不會來，應該要給想看的人。」

柳京拿到票後轉過身去，走向東珠和紅珠。

「那邊的！」

紅珠和東珠沒有反應，似乎沒料到柳京是在叫她們，柳京不得不喊出紅珠的衣著。

「那邊白色上衣的姐姐！」

紅珠嚇了一跳，轉過身去，因為在這光鮮亮麗的首爾街道上，只有紅珠穿白色上衣。柳京嘴角微微下垂，露出滿臉惋惜的表情，然後揮動著手中的兩張票。

「有什麼事嗎？」

「唉唷，我突然沒辦法看待會的表演。妳能替我去看嗎？聽說也不能退款……這裡有兩張。」

柳京語帶遺憾地說「沒辦法」時，原本垂頭喪氣的東珠馬上露出燦爛的笑容，紅珠覺得有點負擔，試圖拒絕，不過東珠的手速更快。東珠道謝後，立刻收下柳京給的票，然後搶先跑到劇場門口，向紅珠招手要她快點來，紅珠便向柳京低頭致意。

「非常感謝妳。」

「演出馬上就要開始了。趕快進去吧！」

紅珠聽到這句話後立刻跑過去，然後拉起站在劇場門口的東珠的手進去。

演出開始了，紅珠看到柳京在舞台左側拿著燭臺，然後想了一下。喔！原來她是演員啊！

現在，中國共軍占領區，郊區倉庫，冬天

柳京在倉庫前一直看著紅珠的背影，露出了遺憾的表情。不管怎麼說，規矩就是在那裡，她不能先表現出她已經知道真相，那牌子分明是兔子們使用的信物，可是她們真的不能當夥伴嗎？

正當柳京已經死心，要回倉庫時，身後突然傳來紅珠明亮的聲音。

「那個……妳當過演員吧？」

柳京嚇了一跳後回頭看，紅珠見狀就知道自己果然沒記錯，因此相當自豪，但是這股自豪感很快就消失了，紅珠立即被柳京抓住領口，帶進了倉庫。

「妳是怎麼知道的？」

柳京開始頭疼了起來。雖然她緊急地抓著紅珠的領口過來，但她已經盡量保持溫柔，面帶微笑問道。她的真實身分明明一次也沒有被發現過，到底發生了什麼事？她做錯什麼嗎？紅珠是怎麼發現的？難道她不是普通的兔子嗎？這裡竟然有人知道我的真實身分，是偶然嗎？正好這個倉庫裡有毒藥，要騙她吃嗎？

「喔！因為我覺得我一定有見過妳。」

「見過我？」

「有一次我妹妹說想看國劇，我們就只看過一次，我是在當時看到妳的。」

「妳看過我的表演嗎？」

「是。」

紅珠的聲音在顫抖。平時說話都不怎麼緊張，這次怎麼會這樣？紅珠覺得現在的自己看起來真的就像個傻瓜，應該是因為做了以前不會做的事情。早知道就不該想起什麼美好的回憶，那些回憶常常從縫隙中冒出來，紅珠至今都用雙手奮力抵擋著，偏偏就因為一張擦肩而過的臉，在她來不及抵擋時便冒了出來，她這才領悟到回憶讓自己變得多麼軟弱，就是因為害怕變成這樣，她才一直忍耐著；就是因為害怕變成這樣，她才與人保持距離的。然而那天的記憶那麼美好，使得她突然說了一句「在戰爭之前見過面」，沒想到高興之餘竟犯了錯。她真的很喜歡那場演出，東珠也很喜歡，那是幸福又和平的一天，可能是因為這樣，紅珠想起這件事時才那麼興奮。

面對紅珠，柳京的腦中現在也是一團混亂，彷彿自己長久以來保有的隱形界線全被打破。演員，雖然現在不能聽到這個詞，卻是她一直很想聽到的稱呼。可是她之前僅僅是一個燭臺，竟然還有人記得她的臉？柳京滿肚子疑惑，紅珠的頭腦也一直轉個不停，這種情況該怎麼處理呢？

「我不是在打什麼壞主意，我不會跟任何人說這件事的！」

紅珠在被柳京抓住領口拉到倉庫時明確意識到「自己說錯話了」，紅珠從未這樣跟某人裝熟過，所以對於眼前這個情況相當驚慌。難道這女人因為過去的工作被發現，就要揪住別人的衣領攻擊嗎？現在她好像已經不是演員了，是因為這樣不開心嗎？還是說因為現在在打仗，她就不能當演員了？無論是哪個原因，紅珠都決定要裝傻到底來逃避。柳京抓著紅珠的衣領，以閃閃發亮的眼神注視紅珠。

「但是，妳怎麼會記得我？那妳說說我的角色是什麼？這是在測試妳。」

柳京暫時鬆開手後，又抓得更大力，紅珠前襟都被抓皺了，搞得紅珠瞬間滿身是汗。

「我不知道那個角色的名字，就是那天在最前排從左邊算起的第四個，那個賣力地又唱又跳的人。」

柳京觀察紅珠的黑眼睛，然後想起來了，幾年前她曾看過某對姐妹的背影，於是鬆開了緊抓著紅珠前襟的手。

「……那個角色叫燭臺。」

紅珠點了點頭，彷彿是第一次聽說。

「看來令妳印象深刻耶！已經是很久之前的演出，妳竟然還記得？」

紅珠露出尷尬的笑容，用手輕輕撫平皺巴巴的前襟，然後回答道。

「因為妳最努力，而且就站在我前面……」

這答案令柳京非常滿意，然後柳京想著，或許她們能當夥伴，畢竟聽說作戰也快結束了……她已經這樣一個人活動三年了，如果能互相幫助該有多好。她心中忽然湧起一股衝動。都怪今晚太冷了。

「妳、妳是兔子吧？」

紅珠表情瞬間僵硬，但很快就放鬆了下來。啊！我知道了。

「妳也……是吧？」

「對啊！那我們要不要當夥伴？」

柳京突如其來的提議令紅珠猶豫不決。該怎麼回答才好呢？柳京似乎聽見了紅珠的煩惱，便說：

「有什麼好煩惱的？幹嘛？是因為兔子被命令不能說出自己的目的地嗎？沒有啊！我們沒有說出各自的目的地。我們只是互相表明是兔子。」

「即使如此，這也算是違反原則。」

「在這裡遵守原則有什麼好處？何必呢？難道身分被發現了要自殺嗎？」

「可是……」

柳京很容易看穿紅珠的表情。怎麼全都寫在臉上？只要讓她再動搖一下就可以了。要再說個什麼理由呢？威脅應該也能奏效。

「不要忘記耶！我剛剛救了妳。」

「非常感謝妳。」

「所以妳應該答應我的請求。我們當夥伴吧！」

柳京看到紅珠的脖子泛著微微的血。紅珠點了點頭。

「妳幾歲？」

「二十歲。」

「我們同年耶！更好。」

柳京滿意地笑了，然後去燒開水準備要泡茶，當水沸騰的聲音傳來後，柳京倒入熱水，紅珠在這空檔才有時間能觀察倉庫內部。倉庫裡布置得非常溫馨，讓人感覺不到現在正在打仗，到處都看得到有人住在這裡的痕跡，小巧玲瓏的物品以及放在小書櫃裡的書。雖然倉庫外觀破舊不堪，但走進一看，卻是單純為一個人建造的、柳京的祕密基地。

「妳就是當時那個頑固的姐姐吧？」

聽到柳京這樣講，紅珠心想自己是否很頑固。柳京遞給歪著頭的紅珠一杯熱茶，並說：

「妹妹明明拚命拜託妳，妳卻死不答應，非常頑固，那兩張門票是因為我看到妳妹妹的表情覺得很不捨才送的。妳妹妹比妳更開朗、更愛笑。」

「喔……嗯，對啊！」

這番話讓紅珠想起了東珠，過了這麼久才從別人口中聽到東珠，她的心情很微妙。柳京當然不知道東珠的死，所以聊起東珠時又更開心。

柳京說，東珠很明顯就是第一次來首爾，聽說有免費門票後就以極快的速度搶下門票，而她開朗地叫姐姐的聲音也很討喜。紅珠並不討厭柳京談起這些，只是從那件事之後，就沒有人在紅珠面前提過關於東珠的事。

「看來我們很有緣耶！」

「是啊！」

那天晚上，兩人在倉庫裡互相道出姓名，整晚都在聊過去的事情。柳京說這是「成為夥伴的過程」，然後滔滔不絕地說著，紅珠就任由她說話。就這樣，柳京相當自然地越過了紅珠的界線。九成都是柳京在講，紅珠只說了一成。為什麼她只能以燭臺的身分站在舞臺上、她是如何乘坐降落傘來到中國共軍占領區、在這裡做些什麼、如何與張偉親近，而被張偉看中後，經營咖啡店就變得容易了，最後柳京聊到了兩人坐著的倉庫。

「這個倉庫是保護我的最後堡壘。」

紅珠一直以來都是前往不同的敵軍陣地，扮演著不需多加形容的難民角色，但是柳京的角色只有一個，那就是中國共軍高層的情人。

「三年來我只扮演一個角色，做到現在令我開始混淆，究竟這是我扮演的角色，還是這就是原來的我，所以我才弄出了這個地方。我想把原本的我喜歡的東西都收集起來欣賞。」

「在這裡不危險嗎？」

「本來就很少有人會來這裡。除了你還有剛剛那些軍人之外，沒有任何人來過。」

「哦！原來如此。」

「……話說回來，妳被嚇到了，還好嗎？」

柳京再往紅珠的茶杯裡倒一次熱茶並問道。紅珠好像理解為什麼柳京要說自己的故事說得這麼久，尹玉安慰自己的時候也是這麼做的。

「嗯，沒關係。」

「妳一定很害怕，還受了傷。我這裡有一些常備藥，簡單處理一下吧！」

柳京在紅珠脖子稍微畫破的傷口上塗了消毒藥膏，準備要剪紗布貼上去時，卻被紅珠勸阻了。

「哪有難民會那樣處理傷口，只要塗藥膏就夠了。」

「雖然傷口不深，但妳受傷了。」

「沒關係啦！既然來了，我應該要看看這裡的難民聚集地，如果還包紮傷口，在他們當中就會很突兀，而且完成任務後我也得要歸隊。」

紅珠的話令柳京陷入沉思，接著一個有趣的想像浮現在柳京的腦海中——所謂的「兔子」，或許都是巨大劇場裡的演員。柳京用閃亮的眼神說：

「這次妳非得扮演難民的角色嗎？」

「那要不然我要扮演什麼角色？」

「有妳的角色。」

柳京微微一笑，紅珠很好奇柳京的笑容背後有什麼計畫。這個祕密基地裡雖然堆滿了各種東西，但是光看這些東西，並無法辨識主人是誰。柳京不理會慌張的紅珠，逕自哼起了歌，紅珠說會在這個地方停留一週左右，柳京心想這一週應該不孤單了。

中國共軍占領區，咖啡店，冬天

從一早開始，柳京就在咖啡店教紅珠怎麼泡咖啡。畢竟這裡是咖啡店，所以只賣飲料、不賣酒，這是柳京的規則，然後假裝聽不懂所有的對話。這對紅珠來說並不難，因為事實上紅珠真的聽不懂中文。在學習怎麼泡咖啡的同時，紅珠納悶著，不知道柳京在想什麼，為什麼突然要她在自己的咖啡店工作？但是她相信，如果這裡是中國共軍經常光顧的地方，那麼應該能得到她需要的情報。

店裡瀰漫著淡淡的咖啡香，紅珠在這股咖啡香的吸引下，嘗了一口咖啡，然後決定以後再也不喝了，因為咖啡對紅珠來說實在是太苦了。紅珠回想起基地宿舍櫃子裡蒐集的美國巧克力。柳京一邊聞著香味一邊喝著咖啡，然後看著紅珠問道：

「所以妳要找的情報是什麼？」

面對柳京突如其來的提問，紅珠沒有輕易回答，而是緊閉雙唇。

柳京喝了一口咖啡，觀察紅珠的表情，演技怎麼那麼差？紅珠的視線微微地往下看，盯著手中捧著的咖啡，一看就是很不安，要不就是想得很多。柳京走過去坐在紅珠旁邊。

「是祕密嗎？」

「我正在考慮該不該說。」

「喔！妳還不相信我嗎？妳懷疑我嗎？」

「不是的，不是那樣的……」

看到紅珠驚慌失措的表情，柳京點頭表示她做得很好。

「當然要懷疑啊！本來就沒有人會平白無故對妳好。這是非常可取的態度。」

柳京的態度令紅珠更不自在。該死的疑心病，現在她真的受夠了，但柳京說的也沒錯，所以這讓紅珠更加鬱悶。

「……妳想要什麼？」

「不是說好要一起合作嗎？妳就陪我玩嘛！我好無聊。」

紅珠並不是不相信柳京，雖然她也討厭被懷疑，但在聽了柳京講述了那麼多事情後，她已經沒有任何懷疑的餘地了。不過，紅珠實際上是在擔心柳京，因為柳京說紅珠是她唯一見過的兔子。這次任務跟以往的作戰有所不同，紅珠來這裡的任務是為了要確認特定情報，而需要確認的情報是，北韓軍隊何時會與已經抵達這裡的敵軍會合。她必須在十天內確認情報、完成任務後回去，這次甚至連歸隊的時間都已經確定，很明顯是一項非常緊急的作戰。

然而，當紅珠一聽到敵營位置，馬上就聯想到允貞當時提供的敵軍預定移動情報。這麼說來，自己帶回的情報和從這裡提供的情報不同。雖然說不上為什麼，但她覺得那似乎就是柳京提供的情報。換句話說，如果紅珠坦言她在尋找北韓軍隊會合時間點的相關情報，就等於是告訴柳京美軍在懷疑她，搞不好自己傳達的情報會讓柳京的處境變得危險。

紅珠想起了圍繞基地的松林路，試圖尋找方法來減少對柳京的傷害，她決定要自己確認仔細一點再說。一直以來，她都那麼忠心、努力地傳達情報，當她得知自己被懷疑時，心情真的很不是滋味。再加上，柳京說不定會因此而陷入困境，於是她下定決心要更加保護這個面帶笑容迎接客人的柳京。

可是，敵軍移動位置的情報到底會被用在哪裡呢？成群進入咖啡店的客人逐漸沖淡了紅珠的想法。

在咖啡店工作了半天下來，紅珠發現這裡簡直是一個寶庫，因為不需要特地問什麼，中國共軍自己就在講個不停。柳京在紅珠旁邊將那些軍人說的話同步翻譯給紅珠聽：「他說他昨天也喝醉了，睡在地板上。那桌對話談到了妳，沒必要破壞心情，不要聽好了……看來他們也想回老家。我也希望他們趕快回去，這裡不就是我的國家嗎？聽說那邊頭髮特別短的中國共軍只有十六歲，還真年輕。」

在別人看來，柳京似乎只是在說些泡咖啡時的必要內容。「管他是中文還是英文，早知道就先學了。」聽到柳京轉述中國共軍說的話時，紅珠對自己說。「如果學過、如果聽得懂，應該就可以避開一些東西……情報作戰也是一樣，如果事先知道敵陣的情報，應該就可以避開了。」

大約在一年前，有次無論美軍怎麼空襲，中國共軍始終紋風不動，因此美軍察覺到中國共軍大炮的異狀，便派出了情報隊員調查。後來才發現，中國共軍製作了木頭模型的假大炮。接獲情報後，我軍發動奇襲，奪回了基地，這消息在KLO部隊被當成傳奇流傳。紅珠聽說這件事的那天就在想著：「難道沒有情報能阻止這場戰爭嗎？」

時間過得很快，咖啡店的工作結束後，柳京說要準備晚飯，便走進了店裡的廚房。紅珠則坐在桌子旁，一邊望向窗外，一邊等待柳京。窗外連個燈火通明的建築物都沒有，從溫暖的屋內往外看，外頭雪花紛飛，顯得格外寒冷。要不是柳京出手幫忙，這次她還要在外面流浪。過沒多久，咖啡店開始瀰漫著與這寒冷夜晚氛圍格格不入的大醬湯香味。柳京將五穀飯和菜乾大醬湯端上桌。

「來吃吧！」

竟然是一頓熱乎乎的飯菜！紅珠全身都要融化了。能夠坐在這麼舒服的椅子上，而且面前的湯還是熱的，真是太奢侈了。

「謝謝妳，一直給妳添麻煩。明天由我來做吧！」

「好啊！明天妳來做。不管怎麼說，現在還在打仗，所以食材很普通……再加上我也對妳有虧欠，所以不用謝我啦！」

「有嗎？」

「三年來，我都是一個人吃飯，而且這些菜都很寒酸。今天也是託妳的福才能喝到這麼熱的湯。平常我一個人的時候，連吃飯的心情都沒有，所以就隨便吃。啊！跟張偉吃飯的時候會消化不良，不算！」

柳京咯咯地笑著說張偉太油膩、太超過了，好幾次她都想當場拍桌離開。

「這麼說來，三年來妳都是一個人嗎？除了那個叫張偉的人之外？」

「嗯……除了帶我來這裡的少尉之外，我沒有跟任何人見面。那位少尉也只會在傳達重要情報的時候過來……對了！昨天他也來過。但是，他好像有任務在身，我沒辦法跟他單獨見面。」

紅珠好像可以理解為什麼柳京那麼想要跟她當夥伴。紅珠所在的部隊已經習慣相識和離別，可是對柳京來說，根本就沒有所謂的相識和離別，她完全是獨自一人在異地生活。紅珠非常喜歡晚上能和二十個少女一起睡覺的感覺。為什麼她那麼喜歡住了這麼多人的宿舍呢？或許是因為此起彼落的呼吸聲證明她並不是獨自一個人，與大家在一起本身就能成為彼此的力量。紅珠希望也能讓柳京擁有多一點像那樣的夜晚，當作是她準備這一桌熱飯的回報。

「妳這一週內多吃點飯吧！妳得吃得胖一點。」

「在戰爭中吃胖的話，看起來會不會很奇怪？」

柳京被紅珠的玩笑話逗得哈哈大笑，紅珠也偷偷笑了出來。像日常生活般的夜晚，雖然單純卻非常溫暖，這是她們期待的瞬間。紅珠發現自己許久沒有這樣放心地笑了。

❀ ❀ ❀

紅珠和柳京吃完飯、整理好咖啡店後，不是回去柳京位於咖啡店二樓的住處，而是前往柳京的倉庫。在這樣的冬天，即使在雪地上留下腳印，也會立刻被雪覆蓋，所有蹤跡都會消失。一抵達倉庫，柳京就在室內點了幾根蠟燭，然後將一本國劇劇本拿到紅珠眼前。

「這是《獄中花》[6]。妳知道吧？」

紅珠輕輕地點了點頭，柳京看到她的反應後非常興奮。柳京說，既然紅珠吃得很開心，就要答應她的請求——那就是成為她的觀眾。柳京清了清嗓子，她曾獨自讀這劇本很多次，但是在別人面前表演已經是三年前的事了。

「開始囉！」

柳京站在由三支點燃的蠟燭所圍成的圓圈中，靜止不動，雙臂向上舉起，像是在等待表演開始。聽到柳京的話後，紅珠像是在宣告演出開始一樣，開心地鼓掌。

彷彿在真實的舞臺上演戲一樣，柳京扮演的每個角色都有不同的聲音，無論是聲音還是舞蹈都表現得非常完美。雖然只有一名觀眾，但光是有觀眾在看，就已經讓柳京興奮不已，再加上紅珠聚精會神看戲的神情，讓柳京更加開心。

柳京想起了自己來到這裡的原因，她想得到人們的認可，也想站在舞台上更

6《獄中花》為1948年女性國樂同好會成立紀念演出的女性國劇作品。本劇由金亞夫（김아부）執導，以「角色全由女性扮演」作為特點，將《春香傳》改編為《獄中花》。不僅是首部完全由女性演員擔任角色的新型表演，更象徵著女性國劇時代的開端。

高的地方，希望自己出名以後，名聲能夠傳到自己想找的那個人耳裡。

> 年邁老虎叼來肥母狗／牙齒全掉光了／吃不了嗚咽著／你死後化成花／碧桃紅三春花／我也會死去變成蜜蜂蝴蝶／春三月好時節／當我緊緊抱著你的花朵／翩翩起舞時／你知不知道那是我／愛情／愛情／是我的愛情啊。

紅珠覺得柳京在表演時看起來非常幸福，僅僅憑著三根蠟燭就能跳舞，那樣子十分動人。她想起了四年前以燭臺身分賣力跳舞的柳京，無論是當時還是現在，柳京總是全心全意投入表演當中，這也是紅珠無法忘記柳京的原因之一。當舞台中央的主角互道愛意時，柳京也在訴說她的愛。儘管所有觀眾的目光都專注地盯著主角，根本不會把視線放在左邊第四個站著的演員身上，柳京依然繼續演戲，即使身體一動也不動，眼神依舊閃閃發光。當天的觀眾主要是為了主角們的演出而鼓掌，紅珠卻是為柳京鼓掌。今天，紅珠的所有掌聲當然也都是為了柳京而響起的。

啪！啪！啪！在小倉庫內的舞臺上，每當柳京的話音結束，就會響起紅珠的掌聲。

柳京又唱又跳，俯視坐在地上的紅珠。紅珠沉浸在柳京的舞姿和聲音中，那陶醉在國劇中的表情，就像是在看一位非常了不起的人一樣。只見柳京的舞蹈範圍越來越大，似乎是在回應她的眼神，結果在跳舞的過程中，不小心踢倒了蠟燭，都怪自己太興奮了。這是她第一次犯下這種失誤，但她一點也沒有察覺到火焰已經燒到腳尖了。

啪！蠟燭倒下後，鋪在地上的毯子開始燃燒，乾巴巴的舊毯子像乾柴般迅速燒了起來。一切都發生得太過迅速，驚慌失措的柳京無處可逃，只能僵直在原地。

原本坐在地上觀看演出的紅珠火速站了起來，跑到倉庫外，用雙手抱起一把雪堆，往火源上灑下去，還好火勢尚未擴散，來回幾次後，火勢就被撲滅了。雪堆被熱氣融化後，浸濕了地面，地上的毯子還留下焦黑的痕跡。柳京平復受驚的心情，雙腿無力地癱坐在地上。

「對不起。我們兩個差點都死在這裡了。」

「嗯……不會死啦！只要跑出倉庫就可以了。」

紅珠對受驚的柳京尷尬地開起了玩笑，然後拍了拍柳京的肩膀。

「幸好妳的倉庫沒有消失，對吧？」

紅珠向癱坐在地的柳京伸出發紅的手，看來是因為剛剛搬運冰冷的雪堆導致她的手被凍僵了。柳京拉著紅珠冰冷的手站了起來，同時喊了一句：「啊，好痛！」聽到柳京的喊聲，紅珠斜過身看，發現柳京右腳腳踝似乎有些微灼傷。於是，紅珠讓柳京坐在椅子上，急忙拿出倉庫裡的籃子，再到外面把雪裝進籃子，然後將柳京的右腳腳踝放進裝滿雪的籃子裡，並用雪覆蓋著。

「雖然有點冰，但還是忍一下。」

在冰天雪地的戶外舀雪讓紅珠的手變得更紅了。

「妳不是也很冷嗎？妳的手更紅耶！」

「我沒事，我已經習慣冬天在山上睡覺。」

柳京看著紅珠滿身的傷痕，便用指尖輕輕觸碰其中一個。突如其來的觸碰，稍微嚇到了紅珠，但她輕輕地聳了聳肩，向默默摸著傷疤的柳京表示沒關係。真的沒什麼大不了的。對紅珠來說，身上出現傷口已經司空見慣了，即使有這麼多傷口，她仍然活著，有時候這也會成為一股動力，只是她也因此更加疏於關心自己的身體了。

「妳是演員，不能有傷疤耶！」

「腳踝而已，這沒什麼……」

「但最好還是不要留下疤痕。」

看到紅珠因為自己的腳踝灼傷就哭喪著臉，柳京想著明明紅珠脖子上那道淺淺的長傷口都還沒有完全癒合呢。

「難道她看不到那個傷口嗎？這麼柔弱的孩子怎麼會做這種事？」柳京注視著紅珠，聯想到雞蛋，因為她的臉蛋光滑、漂亮，但似乎只要一破碎，內裡的一切都會流露出來。一旦她開始說出自己心底的故事，就會道出一切，所以害怕敞開心扉傾訴，因而更加小心翼翼。

「以後妳要來看我的演出喔！戰爭結束後。」

「那是當然了，所以妳要好好練習，不要受傷。」

「好可惜喔！本來想表演下半場春香哭的樣子……」

「明天還可以啊！再演給我看。」

對耶！還有明天耶！柳京好像知道為什麼自己今天特別興奮的原因了。為什麼那麼開心地跳舞、為什麼想要把所有角色的台詞都唸出來——這才是她本來真正想做的事，只是三年來逐漸遺忘了。正因為遇見紅珠，她才意識到自己可以不必扮演漂亮、善良、愛笑的咖啡店老闆的角色，可以繼續以國劇演員的身分生活。現在這些祕密都被紅珠知道了。柳京希望在紅珠停留的這段期間裡，自己能成為讓紅珠敞開心扉、說出所有祕密的人，儘管她不確定紅珠是否會願意全部說出來。

09 傳聞

中國共軍占領區，難民收容所，冬天

結束咖啡店的工作後，紅珠暫時獨自前往難民聚集的地方，這次她沒有穿向柳京借來的衣服，而是換上了原本穿在身上的破舊衣物。柳京看到紅珠出門的打扮後並未多問，只是笑著說事情結束後一起吃晚飯，然後送走了她。她的笑容真的很燦爛。雖然正值戰爭期間，但柳京的咖啡店卻非常平靜。一離開咖啡店所在的街道，就能立刻感受到戰爭的氛圍，放眼望去，街上隨處都是被炸毀的建築物。在失去溫暖的街道上，吹來的冬風更加刺骨，猛烈地灌進紅珠破爛的裙擺，讓她深刻領悟到柳京借給她的衣服有多暖和。紅珠在寒冷的天氣中走了好一段時間才終於抵達難民收容所。

這三年來，紅珠以兔子的身分領悟到其中一個要領，那就是「聽傳聞」。自古以來，消息流傳的速度都很快，而走訪各地的難民就是傳聞的匯集地。運氣好的話，還可以聽到更接近北方的消息。紅珠抵達用木板搭建的難民收容所，排隊領餐後，自然地擠進正在吃飯的難民中間，靜靜地聽他們說話。正當紅珠覺得他們的對話似乎沒有什麼情報價值時，她聽到一個令人在意的說法：

「那邊那個大房子不是中國共軍的嗎？就是那個隊長。」

「喔，我知道！」

這很明顯就是在講張偉，所以紅珠全神貫注傾聽那個聲音的來源。

「聽說他和那間咖啡店老闆是那種關係。」

那是在講柳京。紅珠開始莫名尷尬了起來。

「那個女人以後發了！」

「像我們這樣的人就是死路一條。」

「聽說她很漂亮……」

關於張偉的傳聞不知不覺變成了有關柳京的傳言。在戰爭中，笑得那麼燦爛的女孩卻得不到好的評價，因為現在是戰爭期間，笑容成了一種禁忌。對紅珠來說，這三年晦暗無比，紅珠不想再聽到這種說長道短的言論，一部分也是因為情報內容沒什麼營養，但是他們竟然說出「賣國」這種話，真的令紅珠憤怒到想破口大罵。當初柳京會來這裡就是為了國家，在那些什麼都不懂的人口中，那個美麗的名字竟成了話柄，實在太令人心寒了。

這時，一位阿姨立刻制止了大家的話題。

「別提那個女人了，聽說在那家工作的人全被趕出來了，還說要重新招人，而且也會從我們難民中挑人，有人想去嗎？」

「是什麼工作？」

聽到紅珠的提問，難民阿姨親切地解釋說，那邊需要三四個人來幫忙做家務。那一刻，紅珠立即打消想攻擊那些亂嚼舌根的人的念頭。不會說中文就進中國人家裡是很魯莽的行為，就算進去，能正確掌握的資訊也很少，所以接近在張偉家工作的人反而更有利。

「為什麼要趕走原來工作的人？」

「這個我也不知道。如果到那種大戶人家，不就可以吃到熱飯嗎？妹妹怎麼會有這種想法？」

「喔！沒有啦！我只是好奇。」

接下來的對話中，並沒有提到其他軍隊會來這裡會合的消息，看來最近沒有人是從北邊過來。接著，大家開始討論戰爭何時會結束，音量逐漸提高，他們突然互相揪住領口，談論某個報紙說了什麼、某個軍人說了什麼，不過講來講去都只是傳聞而已。這些討論的結論只有一個——「想要快點結束這場戰爭」，這是雙方一致的共識。

當人們的交談聲逐漸平息時，不遠處傳來一個女人的啜泣聲，讓收容所變得更加安靜，她身後還背著嬰兒。紅珠身旁的幾名阿姨走過去，幫忙安撫嬰兒、拍拍後背。不知為何，紅珠似乎立刻就能感知她發生了什麼事。剛才跟紅珠提到張偉家工作的阿姨過來跟紅珠搭話。真是個話多的阿姨。

「孩子的爸爸變成俘虜，突然間就只剩下她一個人，今天也是聽說少了某個文件，看來沒辦法了。嘖嘖。」

「喔……原來如此。」

這畫面紅珠之前也看過很多次。因為聯軍擔心收容的人不是難民而是間諜，所以只有繳交難民文件的人才能被難民收容所接受。當文件不齊全時，大多數成年男子都會被懷疑是間諜，因此雖然妻子和孩子被歸為難民，丈夫卻經常被視為俘虜帶走。

女人突然只剩自己一人，便跟嬰兒一起哭泣，這是因為穿上白衣的俘虜不知何時會被處死。難民是戰爭中必須保護的對象，但俘虜並非如此，只要有一點懷疑的火苗，其結果就是引發烈火燃燒殆盡。

中國共軍占領區，咖啡店，冬天

紅珠拋下那對母子的哭聲，返回咖啡店，準備要和柳京一起吃晚餐，離開前她已經把領來的食物全部分給那位話很多的阿姨。

就在即將抵達咖啡店門口時，紅珠發現有人坐在裡面，那是一名身穿中國共軍軍服的男性。難不成他是柳京所說的「同一國」的少尉嗎？紅珠只看到笑得燦爛的柳京以及在她對面跟她一起笑著的男人背影。那到底是誰呢？紅珠走近咖啡店，想要看得仔細時，坐在裡頭的柳京稍微跟店外的紅珠對到眼，卻裝作不認識紅珠的樣子。在那一瞬間，紅珠明白了那位穿著中國共軍軍服的男子是誰，那就是柳京的情人、情報來源、管理這地區的張偉。

紅珠躲在咖啡店對面的窄巷，偷窺咖啡店內部的情景。柳京和張偉開心地聊了一陣子。遠遠地看過去，紅珠不禁懷疑柳京說每次跟張偉吃飯都會消化不良，是不是在說謊？那些表情都是在演戲嗎？他們開心地聊了好一陣子後，似乎準備離開要前往某處，然後一同離開了咖啡店。柳京看向窄巷，暗示紅珠她把鑰匙藏在咖啡店前的小花盆下面，然後挽著張偉的手朝他家走去。紅珠注視著他們的背影，覺得他們之間的關係十分自然。

等確定他們完全離開後，紅珠才從咖啡店前的花盆下取出鑰匙進入屋內，她發現室內還很溫暖，看來柳京在離開前故意沒有關暖爐。走進咖啡店內的廚房一看，白菜湯已經涼了，收銀台那邊還有柳京留下的紙條，似乎寫得很急，字跡鱉潦草的。

今天不能一起吃了。對不起，家裡的鑰匙在收銀台下面的抽屜。

紅珠沒有重新加熱白菜湯，而是直接把米飯倒進去，弄成湯泡飯，飯的熱度稍微溫熱了湯。真是個非常安靜的夜晚，彷彿還能聽見外面下雪的聲音。之前柳京所說的安靜的晚餐，就是像這樣的晚餐時間嗎？咖啡店裡非常寒冷，連溫暖的暖爐也起不了太大作用，白菜湯也很快就涼了。紅珠大口吞下剩餘的飯之後，就在廚房裡整理碗盤，然後留一碗白菜湯和一碗白飯在餐桌上。

就在這時，智遠經過咖啡店門口，他知道柳京和張偉晚上有約，所以理所當然地以為咖啡店空無一人，沒想到紅珠在裡面。紅珠整理咖啡店時，看到智遠正在觀察咖啡店內部，便打開了門，然後搭配手勢大聲地慢慢說：

「我、們、現、在、已、經、關、門、囉！」

紅珠不會說中文，反而鬱悶地大聲說韓文，智遠聽到紅珠的聲音後嚇了一跳，呆呆地望著她。

「你、聽、不、懂、吧？」

看到一臉鬱悶的紅珠，智遠馬上用韓文回答。

「那個……妳本來就在這裡工作嗎？」

「哦？你會說韓文嗎？」

「我是韓國人。」

「喔……我暫時在這裡幫忙。現在已經關門了，請回去吧！」

紅珠覺得自己剛才的行為很丟臉，所以希望這個軍人快點離開。於此同時，智遠忍不住懷疑起紅珠的真實身分，然後想起了柳京。

「為什麼突然做了以前沒做過的事情呢？」

十天前，首爾ＫＬＯ部隊總部，冬天

「那個兔子可靠嗎？」

這是久違的崔大熙少校說的第一句話。智遠立即回答。

「她並沒有被收攏為間諜。」

「真的嗎？你確定嗎？」

「是的，我確定。」

「既然你說你確定，那我決定先相信那個兔子，但是你連那兔子的情報都相信嗎？」

智遠瞬間想起了張偉，那個眉開眼笑、狡詐又無法一眼看透的人。在崔大熙少校的提問中，智遠心中已經有了答案。

「如果我親自報告的情報有問題，我會親自去確認的。您只要下令就行。」

崔大熙少校對智遠的回答非常滿意，即使自己沒說出口，智遠也都聽得懂，但他也不算是很會察言觀色的人，反而比較屬於不看別人臉色的人。不過，他確實很能察覺到別人真正想說的話。作為情報員，這是他最大的才能。

「何必直接過去呢？我們決定要派遣前線基地的兔子。」

「如果張偉已經懷疑我們了，那麼換個方式確認不是更好嗎？」

智遠似乎已經決定要親自過去，崔大熙少校一語不發地以微妙的表情望著積極的智遠，然後問道：

「你要親自去把那個兔子帶回來嗎？」

「是，既然是我帶她去的，應該也要給她一條回來的路，不是嗎？」

「這樣確實很有效率，反正在戰爭結束之前都要帶回來。」

「好，那我會親自過去。」

「但是這個情報有個很罕見的地方，有些部分跟其他情報員提供的一樣，只有一部分不一樣，所以更令人起疑。反正……要小心點。」

「是，我知道了。」

「路上小心。戰爭結束後再一起吃頓飯。」

崔大熙少校拍了智遠的肩膀兩次，智遠鞠躬後離開了總部大樓。從得到作戰許可、離開建築物的那一刻起，智遠便開始計畫要偽裝成北韓軍人，潛入敵軍陣營，一如既往的嚴謹、周全。

一週前，中國共軍占領區，張偉的宅邸，冬天

「指揮官，有位北韓軍人說他迷路了，請我們接受。」

「我為什麼要接受？」

張偉不情願地望著他的部下。要接受新人是件麻煩事。智遠一臉緊張地跪在張偉面前，張偉立刻做了一個手勢，示意把智遠攆出去，然而就在部下即將把智遠帶走的時候，智遠急忙地用中文說：

「請接受我，我落單了，作為軍人無處可去。」

智遠決定扮演的角色是「和部隊分散後迷路的北韓軍人」，而且為了受到張偉的青睞，另一個角色設定是會說一口流利的中文。張偉聽到智遠中文、韓文都說得流利之後，果然沒有立即將他送走。三年來，智遠透過柳京掌握到的張偉就是這樣的人，雖然狡猾輕浮、無法看穿，但若有需要就一定會奪下，加上他還從柳京那裡聽說，身在異鄉作戰的張偉一直在尋找擅長中韓文的部下。

「哦，原來你會說中文，那麼你來幫我。」

「是，謝謝。」

智遠就這樣當起了張偉的翻譯。本來只是想試試看而已，沒想到計畫竟然奏效，原本還想說這招行不通沒關係，只要能當他的下屬就行了，沒想到張偉選了一個最好的選項，智遠覺得自己運氣很好。

「嘿，你為什麼會當兵？」

張偉突然提問。智遠還在整理張偉託付的文件，抬頭看向張偉，思索著他是怎麼當上軍人的呢？

「突然發生了戰爭，我又好手好腳的，所以就參戰了，沒什麼特別的原因。」

智遠一五一十地說出了自己扮演的北韓軍人的背景設定，張偉聽完後點點頭表示理解，智遠則繼續專注於張偉指示他整理要呈報給上級的文件作業。智遠一邊閱讀中文文件，一邊確認那是什麼類型的文件，但其中並沒有什麼重要的情報。本來以為運氣好的話，就能立刻看到作戰計畫，不過看起來張偉似乎還沒有完全信任智遠。

張偉打起哈欠，像躺著一樣靠在椅子上開始抽菸。智遠看著張偉吐出的煙霧，白煙慢慢散開，不知不覺間充滿了整個房間。

他是怎麼當上軍人的呢？智遠腦中浮現出那些沒有告訴張偉的真相。其實智遠入伍的理由只有一個。戰爭爆發後，要往南方避難時，他遵從獨立運動家父親的遺志，自願入伍保衛國家，由於故鄉在咸鏡北道，所以他得以進入KLO部隊。無論是來自北方或是從北方南下的人，都會在KLO部隊接受額外訓練。因為這個部隊不是單純的戰鬥部隊，而是用來進行不能被發現的情報作戰部隊，所以更有吸引力、也更令人熱血沸騰。智遠是軍人，他認為在深夜開槍劃破和平是卑鄙的，然而逐漸延長的戰爭，卻讓他的熱血逐漸冷卻。

戰敗的消息、或是雖然取得了勝利卻犧牲了眾多戰友的消息……這些消息再也無法被勝利帶來的成就感掩蓋。「收復了仁川」、「找回了發電站」，在這些勝利消息背後還附帶著「170名隊員死亡」的標籤。那時候的智遠才意識到自己不可能成為像父親那樣的人。為了大義犧牲、為了更大的價值而投入全身心，到底意味著什麼？父親為了參加獨立運動而在滿洲當兵時，也曾有這樣的想法嗎？

有一次，柳京說：「我小時候住在滿洲。真的……嗯，反正當時很辛苦，我還以為我肯定會死在那裡，但是聽說那裡有獨立軍，光是這點就令我自豪。是因為有令自己自豪的人才會這樣。雖然我一次都沒見過，卻給了我很大的力量。」

「要是他們能遇到妳，好好保護妳就好了。」

「一定要見到面才知道嗎？你說你的父親是獨立軍，所以你才當軍人。你也沒見過父親幾次，但還是繼承了父親的遺願嘛！」

父親留下的只有一張照片和幾封信，後期因為監控的加強，連信件也斷絕了。小時候見過的爸爸是什麼樣子呢？好像在笑，又好像在罵我。有一天我在夢裡氣得質問爸爸，為什麼讓我走這條路，那時候爸爸好像只是微笑著。可是爸，這場戰爭跟獨立運動不一樣，這場戰爭的敵人不是其他國家的人。

崔大熙少校非常理性，同時也非常明確。即使生起氣來相當火爆，在戰略上卻從來沒有做出奇怪的選擇，他是一位聰明的上司。聰明的上司並不會讓隊員們沉浸在悲傷之中。

「我們應該要繼續前進，這是我們該做的事。」

未能好好釋放的悲傷要不累積，要不就是會讓人變得遲鈍，然而，悲傷是非常沉重的，即使人變得遲鈍後也會一直伴隨，智遠就是這樣慢慢被捆綁的。

「嘿，你在想什麼？」

將智遠從漫長思緒中拉回現實的是皺起眉頭的張偉。

「喔！我只是想起了戰爭爆發之前的事。人總是懷念什麼事情都沒有發生的時候，不是嗎？」

「是啊！會懷念才是人，那麼這次戰爭結束後，我會失業嗎？」

智遠尷尬地笑了。張偉再次抽起煙，像靠在椅子上一樣躺著，屋子裡充滿了白煙。

「喔！對了，我今天晚上會和情人一起吃飯。就是上次你看到的那個，今天你早點回去！」

「是，我知道了。」

10 晚餐

中國共軍占領區，張偉的宅邸，冬天

柳京在張偉的陪同下抵達二樓的招待室，餐桌上已經擺滿了豐盛的食物。以戰爭時期來說，簡直奢侈至極。柳京將真實的情緒隱藏起來，開始自然地笑著吃起美味的食物，吃得津津有味，張偉看了非常滿意。

面對張偉的視線，柳京時不時對視，露出微笑。這段晚餐時間相當平和。享用豐盛的一餐後，柳京看向幫忙收拾的人，對他們莫名感到陌生。柳京花了好一段時間思考要說的中文，雖然她早就知道該怎麼說，但還是苦惱著怎樣才能表現出有點生疏、又有點進步的樣子。張偉用充滿愛意的眼神看著陷入苦惱的柳京。

「妳在想什麼？」

「我覺得人變了。」

「哦，有事情嗎？」

柳京知道張偉一邊感到欣慰，一邊故意講中文講得很慢，然後柳京開始表演起生疏的中文。她表現出一個恰到好處的天真無知，看不出現在是在打仗的人。這就是張偉想要的女人，總是開朗、風趣、一點悲傷也沒有，偶爾唱唱歌、輕鬆地跳舞，只要能讓張偉忘記正在打仗就行了。柳京在張偉面前連一次也沒有提過戰爭，也沒有表示過對戰爭的擔心與害怕，就這樣維持了三年。

「對了，妳是在哪裡學唱歌和跳舞的呢？」

張偉故意說得很慢，手勢也很大。

「當然沒學過啊！這些只不過是我的興趣而已。」
「這麼久沒跳了，來跳一下吧！」
柳京害羞地站了起來，開始輕聲地唱著歌、柔柔地跳著舞。張偉打開留聲機，牽起柳京的手繼續跳舞，他們注視著對方，牽起雙手，慢慢旋轉。
「聽說咖啡店來了一個女孩？」
柳京嚇了一跳。確實，來咖啡店的中國共軍不僅是柳京的情報來源，同時也是張偉的情報來源。
「她只是個難民。她倒在咖啡店門口，我能怎麼辦？」
「竟然讓陌生人進來，妳還真不小心。」
「沒關係，不會有事的，我有指揮官嘛！」
張偉停住了腳步，柳京也跟著停了下來。
「……我也不會有事吧？」
柳京做賊心虛，一時之間心跳慢了一拍。要笑！要笑！不能失去笑容！也不能太晚回答！柳京面帶微笑反問道：

「當然了。會有什麼事嗎？」

「這次我從難民中招人進來。」

新來的人是難民嗎？柳京反覆微笑。必須邊笑邊說，要表現出沒有想法、很輕鬆的樣子，就像孩子被美味的飯菜吸引一樣。

「啊！不會有事的。今天這頓飯真的很好吃。」

「對吧？」

張偉再次隨著音樂聲開始移動腳步，柳京也跟著一起跳舞。每當柳京移動時，輕飄飄的裙襬也隨之晃動。

「下次見面的時候，我會帶之前介紹的翻譯兵一起來。我覺得我們最好能夠真正敞開心扉談談。」

「好的，都可以。」

柳京露出張偉喜歡的笑容，用他喜歡的速度說話。張偉滿意地笑著。

中國共軍占領區，柳京家，冬天

深夜，不，應該是凌晨，柳京回到了咖啡店。爬上二樓的住處時，柳京小心翼翼地邁開步伐，深怕吵到應該已經睡著的紅珠，但是迎面看到的是從房間透出來的光線，沒想到紅珠還醒著。

「為什麼不睡覺？」

「就是睡不著。」

紅珠似乎在看柳京的書，她把手指夾在書的中間，微微靠在矮桌上。紅珠看向正在整理外套的柳京，一邊擺動夾在書中間的手指一邊問道：

「今天很晚才回來耶！」

「對啊！今天突然發生了緊急情況，好不容易才離開。」

柳京在整理外套時，注意到紅珠手中還拿著書，並沒有馬上放回書櫃，還有晃動的手指。

「……妳在看書嗎？」

「啊！對耶！我可以看嗎？」

紅珠尷尬地回答道。柳京立刻察覺到她的尷尬。這種人怎麼能當兔子三年呢？柳京無視紅珠臉上藏不住的表情。如果她很不自在，這時最好就不要多說，這樣她才會感到自在。柳京的長處就是善於察覺對方的情緒，但這項才能並不總是對她有益。是什麼時候的事呢？雖然她是因為真心替對方擔心而走近對方，對方反而因為自己隱藏的心情被發現而疏遠了長久的關係。在那之後，柳京領悟到，即使看穿也要裝作沒看見，如果對方沒有想要展現那一面，不說破才是智慧。

「妳在這裡的期間都可以看。」

「謝謝妳。」

紅珠回答時晃動著手上的書。在柳京去換件舒服的衣服的同時，紅珠還在猶豫要不要開口詢問剛才她想到的問題，直到柳京換完衣服，紅珠還是沒能說出口。

柳京靜靜地看著陷入沉思的紅珠。紅珠連柳京在看自己都不知道。面對這樣的紅珠，柳京開啟了輕鬆的話題。

「那本書好看嗎？」

「啊？嗯……很好看啊？」

紅珠的回答慢了一拍。

「妳不覺得女主角令人鬱悶嗎？我覺得有點那個耶！」

「嗯？是嗎？我不太清楚。」

柳京一邊看著紅珠驚慌失措的表情，一邊想，之前是在哪裡看過這個表情呢？智遠時不時會做出那種表情。明明有話想說卻瞞著不說時，就會露出那種表情。並不是尷尬，是在猶豫嗎？繼續像以前那樣假裝沒事、不多問，是對的嗎？她頂多只待一個星期而已，難道要這樣折磨自己嗎？或許因為現在是凌晨時分，所以總感覺一股莫名的衝動湧上柳京的心頭。

「妳到底想知道什麼，連覺都沒睡一直在等我？」

柳京坐在看書的紅珠面前問道。紅珠這才意識到自己敗給了這個坐在面前且善於察言觀色的人。

「妳是怎麼知道的？」

「演員的基本功力就是觀察。什麼時候要做出什麼表情？什麼時候要露出什麼眼神？記住這一點，然後演得一模一樣，這不就是演員嗎？」

柳京用開玩笑的口吻緩解了氣氛，無論是誰，柳京都有能力讓對方說出所有的真心話。

「嗯……就是啊！」

「嗯？」

為了引導紅珠說出來，柳京露出微笑，溫柔地看著紅珠的眼睛，這意思是，不管紅珠說什麼，她都會回答。紅珠似乎下定了決心，於是闔上正在讀的書，然後放下書，這次沒有用書籤，也沒有摺起書角，而是直接把書闔上。

「妳是真心愛那個叫張偉的人嗎？」

「什麼？這算是問題嗎？」

柳京對紅珠的提問露出了無言以對的表情，相反地，紅珠的眼神中充滿了苦澀。這是第一次，紅珠道出自己部隊的事。

「在我們部隊裡，只要有兔子被認為是間諜，從第二天起就見不到面了。雖然不知道她是怎麼死的，但無論如何都再也見不到了。大家明明都知道這點，卻還是有人真的成了間諜，短則一個星期，長則半個月，在那期間我也被懷疑要叛變……妳三年來都當他的情人，就算那是演的，但妳從來沒有動心嗎？」

紅珠腦中浮現剛剛柳京在咖啡店裡跟張偉有說有笑的樣子。對於紅珠的提問，柳京只是短暫思考了一下，然後用理所當然的語氣說：

「沒有。雖然高層可能會懷疑我，但至少我敢保證情報是對的。」

「……怎麼可能？」

「嗯？哪件事？」

「怎麼可能不變呢？」

紅珠真的很好奇。怎麼可能在這段時間都還是維持原樣呢？這三年來大家都變了，她怎麼能毫不改變地堅持下去，甚至還有餘裕可以感知和撫慰他人的情緒？

「很簡單，那個人喜歡的不是我，而是我創造出來的咖啡店女老闆柳京。柳京本來就不存在於這個世界上。我怎麼會喜歡不喜歡我的人呢？」

「心有那麼簡單嗎？」

「當然他對我好，我很開心，但是他無法給我我最想要的東西。妳覺得那是什麼？」

柳京開玩笑地問，紅珠陷入深思，然後說出了柳京想要的答案。

「……舞台？」

「答對了！所以不要想那些奇怪的事情，趕快睡覺吧！」

紅珠和柳京攤開床鋪，並排躺下，僅憑著桌上一支蠟燭微弱的燭光點亮了房間，柳京望著天花板，想著剛才紅珠的提問。雖然她對紅珠說出豪言壯語，但難道自己一次也沒有動搖過嗎？每當問自己這個問題時，柳京就會想起自己的舞台。

如果只是為了接受張偉招待的溫暖飯菜和關心，內心就一定會動搖。

「能不能就停在這一刻、停止作戰呢？令人頭疼的演技能不能到此為止呢？這個人喜歡我，我也能適當地搭配，是否就能這樣過上好日子呢？能不能拋下戰爭或情操一切有的沒的，安心度日呢？」

柳京每天晚上都在煩惱。那年寒冷的冬天，柳京來到這裡定居，第一次見到張偉時、他告白愛意時、第一次和他跳舞時……無數個夜晚，她就會想起這一切，然後當她閉上眼睛躺在床上，耳邊彷彿就會聽到掌聲，來自觀眾的歡呼聲、閃爍的燈光，還有站在舞台上的刺激感——柳京確信這個人絕對無法提供這些，當她如此充滿確信後，就更容易入睡了。

「妳呢？」

現在輪到柳京提問，紅珠瞪大眼睛看著柳京。

「我嗎？」

「妳不是說妳們那邊有很多人叛變，但是難道妳沒有想過要叛變嗎？」

「我沒有。」

紅珠非常堅定，眼神也很清澈。

「怎麼說呢？」

「我在敵營從來不跟任何人成為夥伴。這三年之所以能生存，是因為我是個可有可無的人。」

柳京終於明白為什麼紅珠無法隱藏表情還能在這裡生存下去，因為她根本沒有需要隱藏表情的人。

屋外好像颳起了大風，窗戶被吹得呼呼作響。

「妳和我是夥伴吧？是吧？」

「嗯，是啊！」

「那些叛變的人也是因為這個原因嗎？和敵軍成為夥伴？」

紅珠好像想了很久，然後慢慢地開口：

「每個人都有自己的苦衷吧！所以我很好奇妳怎麼能保持那種心情呢？」

「叛變就是壞人啊！苦衷哪有什麼重要的？要不然那些相信他的人算什麼？我也很不想讓相信我的人失望，叛徒連別人的信任都辜負了，所以我不想聽那些苦衷什麼的，如果接受每個人的苦衷，世上就不會有妳討厭的人了。」

「妳也有討厭的人嗎？」

「當然啦！我也會討厭別人，妳會這樣問，應該是因為妳太善良了。」

「我很善良嗎？」

柳京的眉頭動了一下，真是愚蠢的答案。她是善良還是傻呢？也許就是因為對誰都不關心……這麼說來，柳京無法理解紅珠為什麼要在她灼傷時特地舀雪來幫她冰敷，還舀到自己雙手發紅。柳京摸了自己的右腳踝，竟然沒有留下疤痕，皮膚還是很柔軟。她想起了紅珠將雪敷在自己腳踝上的時候。嗯！是啊，紅珠就像雪一樣。柳京正逐漸釐清自己從紅珠身上感受到的情緒，就像雪一樣，雖然很冰冷，但堆起來後就變得暖和，一放在手中就會馬上融化，所以總是讓人想更瞭解她。

「只有我活下來了。當初和我坐在同一輛卡車上入伍的人當中，只有我。我很厲害吧？」

這時紅珠正面無表情地說著話，那是柳京目前為止見過紅珠的表情中最悲傷的。她不敢觸碰隱藏在那表情背後的心情，那可能是一場她無法承擔的暴風雨。

「我也活下來了啊！真的很厲害吧？」

柳京輕鬆地笑著，緩解氣氛，然後微微起身吹熄了發出微弱光芒的蠟燭。

現在是徹底的黑暗，意思就是，現在要為明天做準備。

11 復仇之心

平壤，簡陋的倉庫，冬天

勝熙因寒冷而瑟瑟發抖，蜷縮在倉庫的角落，身上的衣服已經被雪水浸濕，變得又重又冰，就跟她的眼皮一樣沉重。勝熙睜大眼睛後，又將眼睛閉上，應該要打起精神。已經等多久了呢？倉庫房門伴隨著嘎吱聲打開了。勝熙急忙走向允貞。

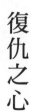

「對不起，我來晚了。」

允貞端莊的聲音迴盪在倉庫裡，勝熙悄悄地從倉庫的角落走出來。

「妳是今天跟我約好要在這裡見面的人嗎？」

「是。」

允貞準備要掏出什麼東西，讓勝熙緊張了起來，隨即看到允貞掏出的閃亮名牌便感到一陣放心，勝熙也從胸口掏出名牌給允貞看。

「請告訴我情報內容。」

「看來妳這次是來確認內容。」

「是，沒錯。」

「我會說的跟上次一樣，所以一定要記好。」

「是。」

允貞似乎被什麼追趕一樣快速說出主要情報的關鍵詞、日期和部隊移動時間，也就是上次傳達給紅珠和賢浩的內容。勝熙將允貞透露的情報一一輸入腦中，因嚴冬而冰冷的頭部開始變得炙熱。

「以上。」

「好，我都背下來了。」

「那麼我在這裡的任務也結束了。」

「咦？」

「預計今晚將會轟炸這裡，所以今晚我會離開這裡去首爾。希望妳也能平安歸隊。」

允貞迅速離開倉庫，接著倉庫外傳來卡車的啟動聲。勝熙短暫愣了一下，然後也為了歸隊而快速移動，沿著上次紅珠和賢浩走過的路。

勝熙飛快地撥開積雪跑到山上去，胸口充滿了寒冷的氣息，與過來時不同的是，現在的她完全感覺不到寒冷，甚至在爬山的時候開始流汗。她想起當初一起訓練時，紅珠跟她說過的話「覺得冷的時候一定要跑起來」。那一刻她突然明白紅珠為什麼會那麼說，她持續地跑，以免讓自己感覺到冷，但她的方向不是我軍基地，而是山頂。聽到允貞說今晚會有轟炸，勝熙選擇暫時延後歸隊的時間，往山頂的方向跑去。敵軍基地一旦遭到空襲，在山頂上就能看得最清楚，如果能看到又黑又紅的火焰竄出、聽到敵軍的慘叫聲，或許就能稍微冷卻心中熊熊燃燒的報復之心。

❀　❀　❀

勝熙的哥哥勝勳是個好人，每個認識他的人都稱讚他的品德和素養。對勝熙來說，勝勳是她的驕傲，是她可以依靠的山嶺，所以在這場戰爭中，他的死亡是最令人不捨的。聽說勝勳戰死的消息時、聽說他誤觸地雷而被炸得支離破碎的消息時、聽說因此無法好好替他收屍時……聽聞這些消息，勝熙只覺得這一切都是謊言。如果世界上有神，就不可能發生這種事，善良的哥哥根本沒有理由要死。

村民們聽到消息後安慰勝熙說，勝勳應該去了很好的地方。但是，不是有人說「好死不如苟活」嗎？對勝熙來說，死後去好地方並不重要，她只想報復殺死哥哥的人。

雖然她幾乎是赤腳爬上冰冷的雪地，但腳一點都不冷，她全身上下渾身發熱。勝熙爬了許久，終於抵達山頂，她期待看到滿片火海。當黑暗完全籠罩大地、所有人都即將入睡、整個世間只剩寂靜的那一刻，飛機馬達聲劃破了寂靜，頃刻間，村莊變成了一片火海。看到那場景後，勝熙開始哈哈大笑，濃厚的灰煙裊裊上升，嗆人的煙霧也飄來山頂，燻著勝熙的眼睛，讓她因此哭了出來。又笑又哭的勝熙就像瘋子一樣，在山頂上跑來跑去。一心只想復仇的她，看到被炸毀的村莊後，胸口不僅沒有冷卻，反而升起一股空虛之感。

就這樣，勝熙的第一個任務結束了。

12 獄中花

十年前，滿洲，春天

柳京失去父母後，獨自坐在滿洲的空房子裡，這時有一位女性過來找她。面對穿著華麗西服的女人，柳京十分戒備。柳京的媽媽曾說過要小心華麗的人，因為華麗的人會搶走身邊人的光彩，然後當成自己的光芒那樣發光。

雖然媽媽這麼說，但柳京覺得如果華麗的人無法發光，應該會很憂鬱。事實上，柳京的媽媽就是這樣的人，柳京的媽媽因為華麗的外貌長期受到周遭人的關注，但貧窮的家境卻奪走了那道光彩，這總是讓她傷心。因此，柳京的媽媽只要看到華麗的女人就會說：「那種人就是搶奪別人光芒的人。」後來某一天，她也對自己的女兒說起她對別人說過的話。

看到華麗的女人，柳京想起了媽媽的話，便躲在家裡的柱子後面。女人走過來說道：

「我是妳阿姨，雖然不是親阿姨，但妳可以把我當成親阿姨。」

阿姨，這個既熟悉又陌生的詞，媽媽說過她是獨生女。

「我沒有阿姨……」

「我知道，我也沒有侄女，不過我們可以嘗試成為這種關係。我當阿姨，妳當侄女。」

來找柳京的這華麗女人連嗓音也很美，人的本性就是必然會被美麗的東西吸引。

「阿姨叫什麼名字？」
「為什麼要問名字？」
「姪女不是至少要知道阿姨的名字嗎？」
柳京的回答讓那個華麗的女人露出了燦爛的笑容。
「瞧我這腦子，我叫姸熙。女子旁的姸，康熙的熙。」
柳京覺得姸熙的名字真的很適合她，並想著如果是被這樣的人奪走光芒，應該也是理所當然的事情。
「妳呢？」
「柳京（久炅）。」
「這個名字會永遠閃耀[7]。」

7 久炅是柳京的本名，永久的久、明亮的「炅」（音ㄐㄩㄥˇ），所以姸熙聽完後才會有「這個名字會永遠閃耀」之語。

柳京是在遇見妍熙之後開始擁有舞台夢的。從滿洲回首爾的火車上，柳京聽妍熙說了很多事，媽媽年輕時嗓音很美，後來卻突然離開，妍熙不知道找了多久，始終沒有找到她；妍熙還承諾說以後會保護柳京，柳京以為她們會永遠在一起。

妍熙是一位在唱劇裡說唱的藝人，在觀眾席上觀看妍熙時，她顯得更加耀眼，她的聲音迴盪在整個表演場地。那一瞬間，柳京也想自己站在舞台上。妍熙一唱完，觀眾就鼓掌喝彩，震破耳膜的歡呼聲令柳京心跳加速。每天都在跳動的心臟，那天卻跳得特別大聲，就是那一天，改變了柳京的人生。

「怎麼樣？」

「太精彩了，我也想要表演。」

「那妳要練習得很勤喔！妳做得到嗎？」

「我可以。」

妍熙緊緊握住柳京小小的手，意思是，妳也能做到。

當時朝鮮是個名字被奪走的國家，在朝鮮之外，也有很多生命死於刀槍之下。那是一個任何人的死都會被埋沒的可怕時代，後來某天夜裡，妍熙失蹤了，聽說她是獨立軍的間諜、聽說她嫁給了親日的人、聽說她逃往中國上海……雖然有許多流言，但沒有人告訴柳京確切的原因，就這樣柳京再次獨自一人。後來，不知是哪來的緣分，她開始以練習生的身分進入惠化國劇劇團。劇團解釋說，這是妍熙拜託的。

站在大舞台上，是否就能再次見到消失得無影無蹤的妍熙呢？柳京抱著 絲期待，開始成為國劇劇團練習生。柳京回憶起第一次看妍熙表演的那一天，她就夢想成為一名演員。「那永遠閃耀的名字，一定會廣為人知的，拜託妳一定要來看我。」柳京很想讓妍熙看到她終於實現夢想的樣子，所以一直在等待著。

現在，中國共軍占領區，難民收容所，冬天

紅珠穿上難民的服裝進入收容所，試圖聽取關於北方部隊南下的消息，但沒有人知道相關的情報，連新來的難民人數也逐漸減少。隨著時間的流逝，紅珠開始變得急躁，因為距離原訂要歸隊的時間已經剩沒多少天了，卻還是沒有找到合適的情報。

就在紅珠覺得該離開收容所回到咖啡店時，突然傳來嬰兒嚎啕大哭的聲音，在嬰兒旁的女人暈倒了，看起來那位就是幾天前先生被抓去當俘虜的妻子。人們蜂擁而上，讓昏倒的女人能舒服地躺下。不知怎麼回事，嬰兒就這樣被放進跑過去圍觀的紅珠懷裡，紅珠笨手笨腳地抱著孩子，努力哄著他。這讓紅珠想起那些初次到達基地的少女，被爆炸聲或屍體嚇哭時，紅珠抱住少女們安慰她們的景象。但是嬰兒不一樣，紅珠不自然的僵硬懷抱似乎令嬰兒不太舒服，他還是哭個不停。某個老奶奶見狀，便從紅珠手上接過了嬰兒。奶奶一抱起，嬰兒的哭聲就神奇地停止了。

「您是怎麼做到的？」

對於紅珠純真的提問，老奶奶露出了微笑。

「身體要放鬆啊！妳抱他的時候那麼不安怎麼行？這個小傢伙也能感覺到妳的不安。而且本來就是這樣，只要好好擁抱，任何人都會停止哭泣。大人小孩都一樣，有能倚靠的懷抱是很重要的。」

紅珠這才驚覺，怎麼自己連這個都不知道，就這樣給少女們擁抱。看到少女們顫抖時，她只是出於心疼而擁抱，這樣能帶給她們力量嗎？也能帶給賢浩力量嗎？紅珠忽然很想知道賢浩是否還活著，他有挺過難關嗎？這次任務結束後，她還能像以前一樣面對出來迎接自己的賢浩嗎？紅珠的想法一個接著一個冒出、停不下來，奶奶打斷紅珠的思考，說：

「妹妹也放鬆緊繃的身體吧！擁抱也是要懂得倚靠在擁抱妳的人的懷裡才能做得好的。」

「喔！好。」

紅珠尷尬地回答後就離開了難民群，她想起了自己的原則是不和別人親近，要成為可有可無的人才行。之所以靠近柳京，正是因為彼此都是兔子。沒必要和不知道自己真實身分的人親近。當紅珠逃命似地離開收容所時，手卻被抓住了，是上次見過的那位話很多的阿姨。阿姨上次提供了張偉家在徵人的消息，這次她也自然地來到紅珠身邊，說出了暈倒的女人的事。看來這位話多的阿姨很想說出自己知道的事。

聽說孩子的爸爸去世了。孩子的媽媽焦急地等待丈夫回來，結果竟然是聽到這個消息，讓孩子的媽媽瞬間失去了意識。聽說孩子爸爸死亡的原因是被歸類為俘虜，後來又被判為間諜而遭處決。孩子的媽媽聽到這消息後，高喊著「冤枉」，就突然暈了過去。

「那個人真的是間諜嗎？就跟我一樣？」

那一瞬間，紅珠腦海中浮現自己被處決的畫面，當鮮紅的血灑落在冰冷的雪地上，自己也跟著倒了下去，然後她想起了尹玉，刻在木櫃上的無數斜線銳利地靠近自己。那一刻紅珠背脊發涼，但她還是想活下去。在戰場上誰死了都不奇怪，但為什麼自己這麼想活著？想到這裡，紅珠開始反胃。話多的阿姨拍著紅珠的背說：

「看來這個妹妹嚇壞了。沒事吧？」

紅珠逃命似地跑出難民收容所。該去哪裡呢？紅珠在雪地上迷路了。要趕快回去才行，要去約定好的那個地方，去那個可以讓她暫時忘記現在在打仗的地方。

中國共軍占領區，郊區倉庫，冬天

柳京正在等紅珠，已經超過約定的時間，紅珠還沒出現，柳京擔心地走出倉庫，看看紅珠來了沒。雪越下越大，應該要趕快回來才對，難道是被抓到、被盤問了嗎？就在柳京腦海中的想像快要停不下來的時候，她看到紅珠從遠處走來，這才放下心。

隨著紅珠逐漸靠近倉庫，柳京開始沒來由地顫抖了起來。上次表演完《獄中花》後，柳京就常常被張偉叫去，紅珠也忙於混入難民中蒐集情報，所以遲遲沒能演出下半部。今天是柳京承諾要表演《獄中花》下半部的日子，《獄中花》的下半部有柳京最喜歡的台詞，但是漸漸走近的紅珠臉色卻非常蒼白。

柳京走向紅珠。

「妳沒事吧？」

「嗯……」

柳京把紅珠拉進倉庫，趕緊讓她就位，但紅珠好像失了神。柳京替她準備了熱茶。不多問就是柳京的體貼，光看紅珠的表情大概就能知道她現在心情如何，應該是看到了可怕的情景。在戰爭時期這是理所當然的。這幾天紅珠話都不多，也就是說，她沒有說太多關於自己的事。大部分都是專心聽柳京說話，然後做出小小的反應。自從上次紅珠第一次說出自己的故事後，柳京就很害怕紅珠提起藏在內心更深處的故事，她的眼神似乎很快就會崩潰，所以柳京決定不要戳破，假裝沒看到。人們偶爾也需要掩蓋悲傷。

柳京露出更燦爛的笑容，同時將一杯熱茶遞給紅珠，紅珠喝完柳京給的茶後，似乎稍微鎮定下來了。

「是妳說要看《獄中花》的下半部，竟然還遲到。」

「啊！對不起。我真的會認真欣賞。」

看到紅珠的眼神變得清澈，柳京很滿意。觀眾徐紅珠再次就位，柳京小心翼翼地點燃蠟燭，而紅珠則先裝了一籃子的雪，以防萬一。這個畫面非常逗趣。紅珠坐在裝雪的籃子旁邊，再次以靈動的眼神望著柳京，柳京則接續演出《獄中花》的最後高潮。

《獄中花》講述的是春香和李公子的愛情故事。春香在送別心上人後，拒絕成為卞使道的官妓，一心等待李公子回來。過程中雖然經歷各種痛苦，然而在漫長的等待盡頭，終於迎來春香與李公子的重逢，最後兩人過著幸福快樂的生活。

其中柳京最喜歡的是春香在獄中想念李公子的片段，也就是《獄中歌》中的「獄中思君」。她曾有過這樣等待某人的經驗嗎？也許是等待妍熙吧？明明知道她不會回來了，卻依然欺騙自己。柳京特別喜歡隨著春香情緒的波動，感受胸口湧上的澎湃感，當情緒高漲、層層堆疊的情感一瞬間爆發，她喜歡那一刻，彷彿一切得到釋放。這也是姸熙第一次演出中最吸引柳京的部分，每次看的時候都會跟著落淚。

若我無法見你，成了獄中孤魂，有誰知道生前死後的這些怨憤？哎呦，真鬱悶！明日啊！將來怎麼辦才好，任何人都無法知曉。

化身成春香的柳京就像被關進監獄的春香一樣嗚咽哭泣，能夠這樣以演戲為由，流下長久忍耐的淚水，柳京真的很高興。她想，自己就是為了演出這下半部，才堅持了這麼長一段時間。這也讓柳京更加明白，沒有舞臺，自己就無法活下去。

然後柳京注視著在自己面前默默流淚的紅珠。

「妳為什麼哭？」

柳京用衣袖擦乾淚水後，嘲弄哭泣的紅珠。

「妳真的是演員耶！太厲害了！」

紅珠還沒有擦眼淚就鼓掌了，剛剛還很蒼白的臉，現在又泛起了紅暈。這傢伙的掌聲還是那麼好聽。柳京擺出張開雙臂的姿勢，似乎是在享受紅珠的掌聲，沒多久再次跟紅珠面對面。

「我很欣慰。」

「太棒了。妳真的很厲害。」

「妳最喜歡哪個部分？」

「春香在獄中思念李公子的場景。」

「為什麼？」

「那樣堅定地等待的心很美。」

「哪有什麼美的。難道不是傻嗎？」

「這很少見的！所以更珍貴。」

柳京很意外紅珠會這樣想。到底這人藏著什麼心才會這麼單純。

「紅珠，說說妳的故事吧！」

柳京很衝動。那個夜晚只有幾根燭火在晃動，倉庫外傳來下雪的聲音。要是聽完紅珠的故事，可能會一起崩潰，但柳京又很想聽。到底她有什麼樣的故事，才會露出像是麻痺所有情緒的表情呢？

第一次見到紅珠時，她就是這樣。雖然柳京能一眼看出紅珠的情緒，卻無法揣測那情緒的深度。紅珠明明有能力感受情緒卻不想好好發揮，不，根本不願發揮，這令柳京相當好奇紅珠的過去，所以一直很想提問。她們相處的時間頂多也就三天，這種程度應該可以問了吧？這場戰爭結束後，應該就很難再見了，這種突然間冒出的好奇和欲望應該不是什麼壞事吧？柳京真的很想知道紅珠的內心。

紅珠停止了動作，思索著該從哪裡說起。應該是從三年前開始的，但已經過去很久了。要從哪裡說起呢？就從在山上倒楣地遇到白兔開始好了。紅珠曾想過，如果那天不跟著那隻白兔走，而是和家人一起離開這個世界，該有多好？因為對於留下來的人來說，要撐下去的時間太長了。從白兔的故事開始，到尹玉、賢浩、以及停留在同一個基地的少女們，還有今天在收容所看到的那個女人的故事，紅珠平靜地說了出來。

本來以為將一切說出口，自己就會情緒崩潰，沒想到比想像中還要好。就在她以為自己是不是變得很遲鈍的時候，反倒是柳京哭了出來。柳京察覺到了紅珠心底裝的是什麼，是罪惡感、虧欠、思念等，這些填滿了紅珠。「因為現在在打仗嘛！」這種話無法成為紅珠的藉口，所以她才會帶著一顆那麼愚蠢的心嗎？根本沒想過要叛變，還對於懷疑自己的我軍盡忠職守，雖然一無所獲，卻還是堅持到現在。

「這不是妳的錯。」

那一瞬間，紅珠的眼淚便流了下來。柳京一邊替紅珠擦眼淚一邊問道：

「如果這場戰爭即將結束，妳想做什麼？我說過我會站在舞臺上。」

「……不知道。因為我從來沒想過。」

「那麼就從現在開始想像和思考，戰爭結束後妳要做什麼？」

「我會想想看的。」

柳京溫暖地擁抱了紅珠，紅珠想起了難民奶奶。被人抱住會讓人覺得自己有靠山。奶奶說要懂得依靠在抱你的人的懷抱中。紅珠放鬆了緊繃，就這樣靠在柳京的懷裡，然後對於自己暫時有了能依靠的地方而感到放心。那天是她第一次坦承自己不想要死。

13 信賴

中國共軍占領區，張偉的宅邸，冬天

張偉呼叫智遠。踏踏、踏踏、踏踏——宅邸走廊上傳來了智遠的皮鞋聲，面對突如其來的呼叫，站在張偉面前的智遠也沒有露出驚慌的神色。

「這麼快就來了？」

「是，您一呼叫，我就出發了。」

「做得好。我看人的眼光挺不賴的，我很會看人吧？」

「是我的榮幸。」

智遠心裡想的是要扒開張偉狡猾的嘴臉。張偉到哪都是一副人畜無害的笑臉，但只要一進入戰場就格殺毋論、嗜血如命，這點早已惡名昭彰。據說他連確認屍體時也會射殺，不惜浪費寶貴的子彈，還以此為樂，就像惡魔一樣。智遠覺得正因如此，張偉才會選擇駐紮在這個戰略重地。

「你有多相信人？」

張偉突如其來的提問，智遠不明所以。

「我不太清楚，因為每個人都有點不同。如果我想相信，就會更相信，如果我不想相信，就更不會相信。」

張偉聽了智遠的話後表示贊同。

「我不相信人，我比較相信人性本惡。」

「哦，這是聰明之舉。」

「你相信人性本善嗎？」

「我不太清楚。」

張偉咯咯地笑著，然後把一名中共士兵拖進來，讓他跪下。他的樣子像是被審問了好幾次，渾身是血。智遠不明白這是怎麼回事。

「我認為人會說謊，所以才是人。應該說人類就是這樣吧？為了生存不得不說謊。」

智遠緊張地低下了頭，無法理解他對自己說這些話是在期待什麼。在等待張偉說下一句話時，智遠的視線移到張偉桌上從中國買回來的龍像。張偉這間偌大的宅邸裡充滿各式各樣他親自從中國帶來的物品，雖然這只是戰爭期間停留的住處，他卻布置得像自己家一樣，到處都是玩具般的小物品。智遠曾聽柳京說：

「你知道我為什麼不在那個人面前談論戰爭嗎？那個人是個膽小鬼。」

「膽小鬼？」

「在中國，龍並不僅僅意味著至高無上的權力，另外還有守護的意義。不管是哪個房間、哪個地方，他都把這樣的龍放在自己伸手可及之處。不然何必這樣放呢？又不是孩子。」

已經習慣在戰場上殺戮的張遠，難道比任何人都更害怕戰爭嗎？此時，張偉打斷了智遠的想法，用調皮的語氣說：

「我們這裡的士兵竊取了內部情報。」

智遠驚訝地看著張偉，然後立刻把視線往下看。不能在這種時候露出馬腳。

「那麼我該怎麼處理這樣的人呢？」

「您應該要按照軍法處理。」

「是吧？」

張偉把槍遞給智遠，然後露出了比任何人都更輕鬆的微笑。

「殺了他。」

智遠感受到手上槍枝傳來的冰冷觸感，他還在煩惱該怎麼做才好時，槍口已對準了血淋淋的中國共軍。張偉看到這景象，覺得很有趣。在考慮了一會兒之後，智遠扣下了扳機，子彈擊穿了中國共軍的額頭，緊接著傳來撲通倒下的聲音，以及咕嚕嚕的流血聲。張偉大聲鼓掌，非常滿意，然後叫僱人收拾屍體。

「我喜歡打仗的時期，因為這樣很容易編織他人的惡行。」

智遠驚訝地看著張偉，暗道不妙。

「我不是說過嗎？人因為有謊言，所以才是人。」

「……什麼？」

「剛剛那個人是這次抓來的俘虜，不是我軍，不，他連軍人都不是。」

智遠的表情瞬間僵住，張偉咯咯地笑了，似乎覺得這種情況很有趣。

鮮血滲入木頭地板，智遠體內的血液也迅速流竄，後頸開始發麻，持槍的手瞬間發涼。看著眼前智遠的表情，張偉露出了笑容，彷彿看到了什麼有趣的東西。這瘋子！智遠無法隱藏自己的表情。張偉叫來的僱人費力地扛走屍體後，智遠望向前方的木地板，剛才被自己殺的人的血液正滲進木地板裡。張偉不喜歡智遠微妙的不悅表情。

「因為現在在打仗，所以我才開這種玩笑。唉唷！表情輕鬆一點嘛！」

於是智遠向張偉彎腰九十度道歉，慌張的表情也放鬆了下來。張偉拍著智遠的肩膀，表示智遠的樣子令他很滿意。

「當然沒必要做到那樣，但是你合格了。你剛才毫不猶豫地扣下扳機，表示殺過很多人。我需要這種人，不，這種軍人。現在不是在打仗嗎？」

智遠的表情令張偉很開心。看到木訥的男子表情竟然會如此劇變，實在痛快。本來以為他是堅守原則的人，但那毫不猶豫開槍的樣子令張偉相當滿意。如果要說個明確的理由，那就是張偉需要的是能夠毫不猶豫地殺人的軍人。

「我們馬上就要去柳京那裡了，你準備一下！」

「是，我知道了。」

智遠離開後，張偉滿意地靠在椅子上。

「那麼，首先，他應該不是……」

情 14

中國共軍占領區，難民收容所，冬天

隨著歸隊日期的逼近，紅珠待在難民收容所的時間比待在咖啡店的時間還要長。咖啡店裡都是中國共軍，得要透過柳京才能聽懂他們用中文講的話，所以很難掌握那是不是紅珠需要的情報，而且只有難民才能知道各地的傳聞。紅珠沒有穿著柳京借給她的乾淨衣服，而是穿著破破爛爛的粗布衣服坐在難民中間。聽說剛來了一批新的難民，紅珠悄悄地靠過去，詢問其中一個女人。

「發生什麼事了嗎？」

「聽說平壤那邊發生了空襲，成了一片火海。」

「啊……」

「怎麼了嗎？那裡有妳認識的人嗎？」

「喔，我沒有認識那裡的人，只是很好奇。」

「最近問候都成了一件可怕的事。」

剛抵達的難民們走向配給所，紅珠則楞在原地。

聽到平壤發生空襲的消息，紅珠想起了允貞。她還活著嗎？她死了嗎？成功逃走了嗎？我軍有去救她嗎？她想起允貞的模樣，沉穩的聲音和果斷的語氣，散發出來的氣場相當凜然。然後她想像允貞死去的樣子，開始擔心起來，說不定允貞已經屍骨無存了。紅珠不敢再想下去，在戰爭中，這是很常見的。

那麼有人會來救柳京嗎？那個少尉會帶她離開嗎？紅珠腦中的思緒變得複

雜。如果平壤遭到空襲，搞不好哪一天這裡也會遭到空襲，那我能帶柳京一起逃走嗎？兩個人都能活下來嗎？啊！我馬上就要離開了……。真的像允貞說的那樣，還會再有部隊南下嗎？還剩幾天呢？果然對別人有感情是很危險的事情，與柳京同居已經違反了紅珠的原則。

自從目睹尹玉的死亡後，紅珠就下定決心再也不要對任何人產生感情，即使負責新兵訓練，紅珠也只是將它視為一項工作罷了，沒有賦予更多的意義，因為也許未來某一天就再也見不到了。為了避免再次受傷，紅珠為自己制定這個臨時對策。

然而，紅珠不知道其實自己是個感情豐富的人。即使只跟同伴講過一句話，當對方逐漸消失時，那些人就像刻在櫃子的正字記號一樣，在紅珠心中留下傷痕。當紅珠在皚皚白雪的冬日山上拖著誤觸地雷而流血的賢浩走時，每一刻紅珠的心都在被撕碎——失去一個人就是令她這麼害怕的事情。如果這裡真的是空襲地點該怎麼辦？美軍是因此才要她來這裡重新確認部隊移動的情報嗎？如果柳京死了怎麼辦？

紅珠決心要對柳京坦承一切。

原本混在難民中的紅珠，不知不覺間離開了那裡。

中國共軍占領區，咖啡店，冬天

正在準備開店的柳京看到紅珠突然跑回來，非常驚訝，連紅珠氣喘吁吁地跑過來的樣子，看起來也很不尋常。

「怎麼了？今天妳的角色不是難民徐紅珠嗎？」

「妳說的沒錯……但我有話要跟妳說。」

紅珠還在喘氣，她的態度令柳京不安，到底是什麼事，她怎麼會那麼著急？難不成發生了什麼問題嗎？但是，紅珠接下來說的話，對柳京來說卻是相當普通。

「我來這裡是為了確認部隊移動的情報。」

「所以呢？」

「那個情報是妳給的吧？」

「那種情報大部分都是我給的吧？」

不同於憂心忡忡的紅珠，柳京的反應很平靜。

「所以說……我來這裡就表示妳被懷疑了。」

「我知道，又不是一兩次了，沒關係。從妳來的時候，我就猜到了。美軍本來疑心就很重。」

柳京平淡的回答讓紅珠更加不悅，怎麼會沒有關係呢？被懷疑是理所當然的嗎？紅珠覺得體內好像有股被攪動的感覺。本來不該是理所當然的事情，竟然變得理所當然，這讓紅珠更不高興了。

再怎麼反覆思索允貞說的話，紅珠也想不出答案，可能是因為她的心情已經變得不悅了。看到紅珠的表情垮下來，柳京更加重說話的力道。

「這是當然的啊！所以才要好好確認情報。不要太天真，妳更要懷疑我。」

「夥伴之間互相懷疑、互相爭吵不是很奇怪嗎？為什麼是當然的？」

「現在不是在打仗嗎？」

柳京一說完便在內心暗道不妙，原本那天她是想減輕紅珠的負擔，才聽紅珠說她的故事，結果一時脫口而出這些話，她實在不希望這種話是在聽完紅珠的故事後說的。

聽了柳京說的話，紅珠覺得自己倉促跑來這裡的樣子真是可笑。戰爭到底算什麼？這裡所有的事情只要以戰爭為藉口就可以被容許。在這種時代，廣場上的屍體、空襲、同袍互相懷疑，這些事情都變得沒什麼大不了，連自己的死也是一樣。

「那個……真是個好藉口。是吧？」

紅珠淚流滿面，柳京驚訝地走近紅珠。那個即使鐮刀被架在脖子上也不哭的人，竟然哭成這樣，柳京猜想是不是發生了什麼事，紅珠哽咽地說：

「說不定妳會死，也許我也是。」

「……那是什麼意思？」

紅珠在跑回柳京咖啡店的路上一直在想，每一步都伴隨著疑問「為什麼？」——為什麼自己會來到這裡？為什麼要確認柳京和允貞的情報？為什麼需要部隊移動的情報？

「我一直在想，為什麼他們需要部隊移動的情報？重要到想再次確認的原因是什麼？這麼一想後，我猜他們應該是要決定空襲地點。」

聽了紅珠的話後，柳京這才明白智遠為什麼要來這裡。他為什麼不問我呢？為什麼要偽裝成張偉的親信呢？他是為了確認什麼才親自來到這裡嗎？柳京愣住了。為什麼她都沒有懷疑智遠呢？智遠會來接自己嗎？智遠為什麼不說出空襲的事情呢？

「聽說幾天前平壤被空襲了，所以這裡也快要被空襲了，根據我之前傳達的情報，部隊馬上就要移動到這裡，搞不好就是今天。從我得知情報後到現在已經過了好幾天了……」

紅珠在說話的同時也繼續計算日期，如果他們是為了空襲而需要部隊移動的情報，那麼就會在部隊到達的那天空襲。紅珠再次想起了允貞的話，她說的部隊大規模移動日期是2月4日，紅珠詢問柳京今天的日期，柳京望著咖啡店櫃檯下方的月曆說：

「2月4日。」

「根據我從平壤接獲的情報，今天是部隊移動的日子。」

「我的情報是晚十天，是2月14日。」

誰的情報才是正確呢？

紅珠和柳京相互對視，兩人一點把握也沒有。一陣短暫的寂靜後，一支隊伍從咖啡店外經過。雖然他們身穿中國共軍軍服，但都是第一次看到的生面孔，並不是之前來過咖啡店許多次的那些人……那一刻，柳京明白自己的情報是錯的，那麼是從哪裡開始出錯的呢？張偉在懷疑自己嗎？智遠早就知道了嗎？

同時間，紅珠覺得眼前一片空白，空襲會是今晚嗎？紅珠回想起去年空襲的日子。那時她還是以兔子的身分擔任情報員，卻發現我軍駐紮的地區頻繁被轟炸。每當遭空襲時，她都會用厚厚的毯子蓋住頭部，鑽進堅固的建築物之間躲避。去年空襲的時候，她雖然蹲低身子躲藏起來，但炸毀的建築物殘骸卻擊中她的肋骨，導致肋骨骨折。那場空襲她好不容易才活了下來，今天還能一樣活下來嗎？

紅珠馬上下定了決心。

「……妳要逃跑嗎？」

紅珠問柳京，但是柳京無法立刻回答紅珠的提議，因為同一時刻，智遠和張偉進入了咖啡店。

紅珠慌張地跑出咖啡店，智遠和張偉瞥見了紅珠，然後把目光轉向柳京，兩個男人的目標是柳京。

張偉露出狡黠的微笑看著柳京：

「今晚一起吃嗎？」

柳京露出張偉喜歡的笑容，表示同意。

你在懷疑我嗎？

柳京一邊隱藏不安的內心，一邊也為了讀懂智遠木訥的表情而費盡心思。在那木訥的表情中到底隱藏著什麼？柳京很想立刻問他：

「你為什麼來這裡？」

柳京在心裡反覆詢問著說不出口的問題，不知道智遠是否能聽到柳京的心聲。

15 決定

首爾，KLO部隊總部，冬天

崔大熙少校收到了勝熙傳達的情報，其實昨天他已經掌握了來自另一個兔子的情報。除了要向美軍報告交叉比對過後的情報之外，崔大熙少校還準備了一條情報管道，那是非常可靠的兔子，因為她和嬰兒在一起，任何人都不會懷疑她，而這次她帶回來的是同樣的情報，所以作戰沒有必要再推遲。雖然去確認柳京的兔子還沒有回覆，但是少校手上掌握的兩個情報是一致的，於是他決定好了，也就是確切的空襲地點和時間。

副官問道：

「這不是姜智遠少尉所在的地方嗎？」

「如果他注定要活下來，就能活下來。」

「話雖如此……要不要另外聯絡少尉？」

「現在我們有管道能和姜少尉聯絡嗎？沒有吧？」

「沒有。」

「不要去想沒有可能性的事，沒那個必要。」

副官感到相當為難，同時背脊也一陣發涼。就連面對自己很珍惜的姜少尉也是這樣，崔大熙少校真的太理性了。副官緊張得吞下一口水。

「把那個沒有腿的孩子帶來，要開參謀會議。」

「是，我知道了。」

2月4日晚間，後方部隊與張偉部隊會合當天開始空襲。

在野外醫院的賢浩再次以翻譯兵的身分被叫到KLO部隊參謀會議室。對於突如其來的呼叫，他也只是驚慌了一下，很快便開始振作精神認真翻譯會議內容，因為今天的結論將決定紅珠的生死，沒想到最後竟然得出這個結論，令賢浩十分挫敗。明明目前都還無法確定紅珠是否回來了，結論卻是將要在那裡進行空襲，美軍和其他KLO部隊的參謀們也都點頭表示同意，根本沒有把尚未從敵陣歸來的兔子放在眼裡。美軍走出會議室時對賢浩說「Thank you」，賢浩覺得那句話很噁心。萬一允貞的情報有誤，紅珠是否就能生存下來？紅珠在那裡能活命嗎？所有參謀都離開了會議室，賢浩獨自一人無力地坐在那裡，這次他連哀求的想法都沒有，他早就意識到無法跟他們溝通，因為他們有無敵的邏輯，即使賢浩抓著他們哀求，他們也會說同樣的話：

「現在正在打仗。」

❀ ❀ ❀

賢浩無力地回到野外醫院，日華迎面而來。

「哥哥你怎麼了？」

「……現在怎麼辦？」

賢浩面對日華的提問只是流著淚，日華則默默地抱住賢浩，賢浩嗚嗚地哭泣著。在旁人眼中看來，都會以為賢浩是為了失去一隻腿而哭喊，但至少日華能感受到，他是為了某人而哭的。

日華的身體也在顫抖，紅珠是日華在宿舍裡認識最久的兔子。雖然部隊的其他人都說她很難搞，但是紅珠的存在似乎就在告訴她能夠生存下來的可能性。儘管大多數人無法歸隊，但有人還能繼續活著回來就足以帶給她力量。

「別擔心。姐姐不可能不回來的。」

賢浩的哭聲再次被其他病患的叫聲掩蓋。

KLO部隊前線基地，冬天

深夜，平安成功歸隊的勝熙躺在宿舍裡，已經有幾個兔子不見了。勝熙以為她們只是還沒歸隊，便出去走走，眼前傾瀉而下的星星布滿整片天空。勝熙想起自己在山頂上咯咯笑著，就算有人說她瘋了，她也無所謂。勝熙絕對不會忘記當時在那座山山頂上的心情。

這時，一名通訊兵從勝熙面前經過，勝熙抓住了通訊兵。剛剛和約翰少尉在審問室的時候，勝熙想問的問題就一直在舌尖上縈繞。突然被抓住的通訊兵訝異地看著猶豫不決的勝熙。

「妳幹嘛？」

勝熙一陣猶豫後問通訊兵。

「通常我們在這裡提供的情報會被用在哪裡？」

「哪裡都可以用啊！因為打仗什麼都需要。」

「那他們也傳達了我提供的情報嗎？」

「那是什麼內容？」

「是關於中國共軍部隊的移動。」

「喔，如果是那個的話會最先傳達，因為是要用來決定空襲與否。上級說要最快傳達。」

「喔……謝謝。」

通訊兵鞠躬示意後，匆匆回到自己的工作崗位上。勝熙再次仰望夜空，計算著如果空襲是根據自己的情報而計畫的，自己要擔負多大的責任。我傳達的情報會殺死多少人呢？在這樣的戰場上，連我最愛的哥哥、那個善良的哥哥，也都殺了人嗎？

勝熙想起和紅珠初次見面時的畫面，當時紅珠聽到她說要把敵人全部殺光時，便說道「我們都活著，把他們全部殺光吧」，然後，還補充了一句：

「但還是忘掉比較好，忘記妳害死了誰。」

現在勝熙似乎能明白那句話是什麼意思了。她看著夜空中密密麻麻的星星，流下了眼淚，原本心中充滿怒火的地方，早已變得空蕩蕩的。

那晚，她根本無法估量往後要做什麼。

16 火種

中國共軍占領區，張偉的宅邸，冬天

柳京和智遠的中間隔著一個空位，對面則坐著張偉，這樣的飯局令柳京感到不自在，上次說的飯局就是這個嗎？傭人們端出菜餚，餐桌上滿滿都是肉，與戰爭時期的氣氛相當不協調。三年來，柳京眼中的張偉是個機智狡猾的冷血動物。

他是能在說笑的同時殺人的人，如果能讓他開心，他就會抱在懷裡，不給對方任何掙脫的機會，但如果讓他不開心，他連解釋都不聽就直接殺人。餐桌下的地毯還有鮮紅的血跡，在這頓飯之前發生了什麼事情呢？紅珠逃跑了嗎？今晚真的會開始空襲嗎？我能活下來嗎？能夠再次登上舞台嗎？

「今天的飯菜也很好吃。」

柳京以張偉喜歡的速度說話，露出張偉喜歡的笑容，不知為何卻讓氣氛變得沉重。柳京決定把所有的煩惱拋諸腦後，因為首先她必須在張偉面前活下來。

「今天要不要和翻譯兵一起深入地對話？」

張偉緩慢地說，這是為了搭配柳京。柳京點點頭表示贊同，接著張偉再也沒有搭配柳京的速度說話。

「妳還記得我們第一次見面的時候嗎？我與妳的邂逅就像命中注定一樣。在我常去的山路上，妳因為腳踝扭傷而倒在地上了。我常常想到那個時候，妳呢？」

張偉說完後看向智遠，智遠看著柳京問：

「他問妳覺得第一次見面的時候怎麼樣。」

聽到那句話後，柳京看向張偉笑著回答：

「你還記得我們第一次在咖啡店見面時的約定嗎？我從那時起就完全相信少尉。」

智遠聽到柳京說的話後瞬間驚慌失措，張偉等待翻譯的視線帶給智遠壓力，於是智遠稍微改變了柳京實際講話的內容。

「在那一瞬間，我就完全相信指揮官，因為你救了我。」

張偉笑了出來，似乎很開心，他接著說：

「對，我對妳沒有絲毫隱瞞，因為只要見到妳，我就不覺得現在是在打仗，妳彷彿能讓我忘記我在打仗，所以我想跟妳說謝謝。」

張偉意味深長地看向智遠，似乎在催促智遠快點翻譯。

「他說對妳沒有什麼隱瞞……一直很感謝妳……」

智遠猶豫了一下，柳京立刻接著說：

「他說的我都聽懂了。那麼在這裡我想問少尉，少尉有什麼事瞞著我嗎？你為什麼會來這裡呢？」

對於柳京直截了當的提問，智遠無法輕易回答。張偉看到智遠和柳京的對話時間拉長，便鬱悶地用筷子敲了敲碗。對此，智遠急忙改變了柳京的回答。

「我也是一樣的心情，一直很感謝你。」

張偉對回答很滿意。這次柳京主動跟智遠說話，卻是面對張偉笑著說。

「聽說這裡即將被空襲。少尉知道嗎？還是明明知道卻不說？」

「是。」

聽到智遠簡單明瞭的回答，柳京雖然面帶微笑，心裡卻很苦澀。如果有這種危險，不是應該提前說出來嗎？難道你連我都不相信嗎？就是因為現在在打仗嗎？因為我是張偉的人嗎？柳京帶著甜美的笑容看著張偉。張偉則目不轉睛地盯著正在翻譯的智遠，智遠很不自在地替柳京說。

「她說，我一直……在思考，希望不要發生會危及你生命的情況。」

柳京突然意識到這是智遠對自己說的話，智遠的耳朵紅了起來。張偉聽到智遠的話後，以為那是柳京說的，所以露出了充滿愛意的表情，然後喝下一杯酒，似乎下定了決心。

「我說過我對妳沒有什麼隱瞞的，直到最近我才發覺異樣，敵軍怎麼會總是能參透我軍的情報？所以我每天都要修改情報。我原本以為那只是偶然，但似乎不是那樣。」

也許是方才一口喝下的酒帶來的苦味後勁，張偉大口咬下熟透的肉塊，咯吱咯吱地嚼著，說：

「那到底誰是間諜？誰冒著生命危險當間諜呢？所以我殺了所有在我家工作的傭人，全部換成難民，我還把部隊裡曾與敵軍有來往的軍人全部殺了。後來才發現，有一個人我從來沒有懷疑過。」

張偉的眼神立刻變得冰冷，然後望著柳京，說：

「對妳來說，我軍和敵軍是誰？」

柳京聽著張偉快速說出的話，意識到自己必須立刻控制表情，假裝一句話都沒聽懂，笑著拿刀把餐桌上的肉切成小塊後吃下，然後笑瞇瞇地看著智遠，就像是叫他翻譯。

智遠意識到這一切都被發現了。剛剛張偉叫他開槍殺人，應該就是在考驗他。智遠背脊發涼，沒有翻譯，只是呆坐著，於是張偉催促他，智遠思考在這種情況下該怎麼做才是最好的，但面對這種情況，並沒有最好，只有次好。

「妳也聽明白了。現在他正在懷疑你。」

柳京發揮演技，先專注地聽智遠講話，然後開朗的表情逐漸僵硬，讓張偉相信智遠正在確實地翻譯，不讓張偉起疑。

「但是，在現在這種情況下，我至少要保住妳，我有一把槍，要用那把槍……」

「你認為這是解決方法嗎？現在還沒有證據，對吧？我們就裝傻否認吧！」

「那個……」

「趕快翻譯，在他連你都懷疑之前。對我來說，我軍就是指揮官所在的地方。就這樣。」

智遠看著張偉，直接翻譯了柳京說的話。

「對我來說，我軍是指揮官所在的地方。」

張偉滿意地笑了，隨後他立刻表情僵硬，變得冰冷。

「原來妳只挑我喜歡聽的話說！所以才會做間諜嗎？」

智遠驚訝地看著張偉。與張偉相對而坐的柳京裝作聽不懂他說的中文，直到最後都保持笑容，她必須拖延時間。柳京把盤子上的肉再切成一口大小，然後以非常漂亮的動作吃完。張偉彷彿在回應似地，也吃下一塊肉，大口大口地嚼著說：

「最近平壤被空襲了，而且還是部隊預定移動的那天。我還在想到底情報是從哪裡洩漏的。但是我想了想，發現我放在會議室桌上的作戰計畫就寫著那個日期。從時間來看，能夠看到作戰計畫的人只有妳一個，所以這次我給了妳稍微不同的情報，這次妳那邊的人也會狠狠甩掉妳的。沒有人會來救妳。」

張偉從座位上站起來，朝柳京方向走去，每走一步就把餐桌上的盤子往下扔碎，餐桌底下全都是碎掉的盤子和食物，亂成一團。張偉像是叫柳京看向生氣的自己一樣，走過來後拿槍對準柳京的頭。柳京這才抹去了笑容。

「現在我根本不敢跟部下說這女的是間諜。如果說她是間諜，就等於是汙辱我，所以我要親手殺了她。如果她問為什麼要殺她，你就自己編一下，說我突然生氣之類的。」

張偉露出了冷酷的微笑，然後催促智遠翻譯。智遠猶豫著，開不了口，最後打破這微妙寂靜的人是柳京。

「一直要假裝聽不懂，都快憋死我了。你這傻小子，現在才知道嗎？」

那是一串非常流利的中文。

17 立春

中國共軍占領區，難民收容所，冬天

因為智遠和張偉的突然造訪，紅珠嚇得迅速離開柳京的咖啡店，她甚至來不及聽到柳京的回答，因此陷入一陣茫然。該去哪裡呢？在苦惱片刻後，難民收容所的景象掠過她的腦海，於是紅珠決定再次前往那邊。

2月4日，如果今天就是預定的空襲日，那麼應該要通知難民，叫他們逃跑；如果來不及逃跑，也應該要告訴他們身體蹲低、保護頭部。

奔跑了一陣子後，紅珠停在了難民收容所的門口。剛才似乎是從北方南下的中國共軍部隊經過了柳京的咖啡店，正在形成大規模的隊伍，也就是說，允貞所提供的部隊移動情報是正確的。那麼，柳京是不是已經被張偉懷疑了呢？

紅珠猶豫不決。如果敵軍現在知道今晚會有空襲，那麼我軍的作戰就毫無意義了。這次的空襲能夠停止戰爭嗎？如果是尹玉的話，她會怎麼做呢？紅珠的思緒變得複雜。突然間，有人拉起站在收容所門口的紅珠的手，正是那位上次見到的話多的阿姨。

「妹妹，妳去哪裡了？」

「啊……我只是去附近晃晃。」

阿姨說現在正在提供晚餐，要是太晚過去就沒辦法吃很多，所以趕緊把紅珠拉過去。紅珠慌忙地排隊領取配給，滿腦子只想著空襲的事情。怎樣才能生存下來呢？要不要也跟自己身邊的這位阿姨說，叫她趕快逃跑呢？紅珠看著在難民收容所各處的中國共軍，心中一點答案也沒有，腦海裡眾多未解的問題讓她感到頭昏腦脹。不知不覺間，紅珠就被阿姨牽著去領配給，阿姨強硬地多拿了一些，甚至還被發送物資的軍人指責。紅珠悄悄地對阿姨說：

「您可以吃我的。」

反正紅珠也沒有胃口。距離空襲還剩幾個小時呢？紅珠焦急地計算已經流逝的時間。柳京好像去了張偉那裡，不知道什麼時候才能離開張偉家。聽說張偉是個惡魔，柳京能安全回來嗎？她什麼都不知道。紅珠很後悔，為什麼到現在還是什麼都不知道——已經三年了，她幾乎忘了怎麼去問「為什麼」這個問題——為什麼要執行這個任務？為什麼戰爭沒有結束？為什麼不保護我們？自從她知道自己被我軍懷疑後，一切都變了，「為什麼」的疑問開始占據她的腦海。

「唉唷，不用啦！我再拿一點就好！」

阿姨要求軍人多發點配給，看來紅珠的悄悄話沒什麼幫助。阿姨看到紅珠在發呆，便拉起她的手臂。

「妹妹妳到底在想什麼？趕快過來。」

「啊，我……」

阿姨把紅珠拉到一個昏倒的女人和嬰兒旁。寒冷的冬天，嬰兒在這粗劣的棚子裡哭了出來，上次見到的奶奶正抱起嬰兒哄，話多的阿姨則扶起倒下的女人，把自己拿到的晚飯分給女人吃。

「媽媽要振作精神才能照顧孩子啊！打起精神，知道嗎？難道丈夫死了，天就塌了嗎？完全沒有嘛！看看我！我還活著呢！妳想丟下孩子，跟老公手牽手去那個世界嗎？現在誰沒有失去家人？現在這個世間，連失去兩條腿的人都還活著，甚至有些父母和孩子永遠都見不到面啊！」

阿姨一邊說著重話，一邊把配給的食物餵給女人吃。吃這些食物不是因為好吃，而是為了活下去才吃的。阿姨把自己的食物分成兩半，遞給了女人。

「媽媽要吃好一點，才有奶水餵孩子，不是嗎？」

不，她分成三份。紅珠見狀便跪在地上，把自己的配給食物放在阿姨的餐盤上。

「幹嘛？妳怎麼了？」

「多吃點我的吧！我沒關係。」

「妳已經瘦得皮包骨了，還要分給誰！唉唷，妳多吃點。每次看妳都覺得越來越瘦了，唉唷！」

大家為了生存而團結起來。紅珠觀察著他們的服裝，現在是冬天，就算已經穿了好幾件薄衣服，但基本上都不是什麼能保護身體的像樣衣服，一旦今晚空襲，他們都會死的；就算沒死，可能也會身受重傷，在這裡動彈不得。明知道即將要轟炸，如果不告訴這些人，那麼這些人死了要怪誰呢？尹玉會討厭我嗎？一陣猶豫後，紅珠終於開口了。

「請大家趕快逃跑，這裡可能很快就會被空襲了。」

出乎意料的是，在場的人都選擇相信紅珠說的話，相信這裡很快就會被空襲的消息，也沒有人問他們為什麼會這樣想。出於本能的害怕、毫無預警的空襲、以及他們至今所見和所經歷的，都讓他們不得不相信紅珠說的話。那位話多的阿姨小心翼翼地在難民之間傳話。紅珠囑咐大家不要告訴軍人。能逃跑的人已經開始收拾行李，跑去難民收容所的後山避難。紅珠告訴那些移動不便的傷患、老人或年幼孩童怎麼應對轟炸，提醒他們要彎下身子，保護好頭部，反覆叮嚀了好幾次。紅珠希望留下來的人都能平安無事，為此，他們替還算堅固的草棚補強了基底，讓它變得更加堅固。

管理收容所的軍人們壓根料想不到難民這些舉動其實是在防範空襲，他們只是單純地以為難民在修理收容所內的草棚而已。老奶奶們、孩子們、受傷的人分批進入基底加強的草棚，逃到山上的人則留下自己的包袱，這是要留給那些無法逃走的人，讓他們能在空襲時保護頭部。

準備得差不多後，話多的阿姨走過來問紅珠。

「但是妳怎麼知道？」

「……我是軍人。」

紅珠苦惱了片刻，思索到底該不該說自己是間諜、但又該怎麼說，不過看來「軍人」似乎是更適合的稱呼，這也是因為紅珠很在意那個丈夫被誣陷為間諜而喪命的女人，況且紅珠也沒有說謊。阿姨點了點頭。

「今晚應該會沒事吧？」

「應該會沒事，都這樣防備了……妹妹，不是……」

阿姨走向紅珠，在她耳邊悄悄問：「是不是該用職級稱呼啊？」

這舉動逗得紅珠笑了出來。

「我叫徐紅珠，就叫我紅珠吧！」

「這個名字真棒！妳要活得帥氣。要記得多吃飯喔！」

「好。」

「但是妳要去哪裡呢？跟我們一起上山吧！」

「啊，我要帶走一個人，要跟她一起走。」

「這樣啊，妳有夥伴嗎？」

「是，是我的夥伴。」

雖然紅珠說是夥伴，但一時之間她也不知道該去哪裡找柳京，不知道她是在張偉家、在咖啡店，還是在那個倉庫裡。還是她已經跟那個少尉一起跑了呢？雖然說是夥伴，但紅珠不知道的事情太多了。我們不能更親近嗎？當然，如果還有時間的話……。

這時，一群難民回來了。

「哦！他們提早回來了，真是太好了。」

紅珠看向阿姨視線所及的人們後問道。

「他們是誰？」

「上次我不是說過嗎？他們就是在隊長家幫傭的人。」

這群難民們慢慢朝紅珠和阿姨的方向走去，彼此竊竊私語的同時，臉上還露出了不悅的神情。紅珠走近他們，想要詢問柳京的消息。

「感覺今天很不妙吧？」

「是吧？不是只有我這麼覺得吧？」

「那個女人……會被殺死嗎？……」

「那句話是什麼意思？」

紅珠一把抓住他們的手臂，嚇了他們一跳，他們立刻甩開紅珠，看到阿姨緊跟其後搖搖頭，他們才不情願地收起了手。

「妳幹嘛突然這樣？」

「你說的那個女人，是那個咖啡店的老闆嗎？」

「喔！對啊！怎麼了？」

「她還在那個家嗎？」

「在我們離開前她都還在。我看那一頓飯太奢侈了……可是今天的氣氛很冰冷。我們是這樣想的啦！畢竟他今天中午也殺了人。」

居然殺人了！紅珠急急忙忙地問他們。

「傭人們身上有沒有什麼名牌之類的？」

「啊！沒有那種東西，我們只是穿著統一的衣服，像我這種。」

「那麼，把你的衣服跟我交換。」

「什麼？」

他們驚慌失措，紛紛把目光轉向阿姨，但阿姨只是輕輕點了點頭，意思是要他們立刻協助紅珠。紅珠迅速進入草棚內，借傭人的衣服來穿，然後暫時拿出自己的名牌，再放回胸口。這麼寒冷的冬天，名牌摸起來更加冰冷了。

換完衣服出來後，剛剛還在照顧嬰兒的奶奶似乎在等待著紅珠。奶奶把一捆白布袋遞給了紅珠，裡面裝的是剛剛配給的食物。

「帶上這個吧！」

紅珠躊躇著，奶奶便一把抓住紅珠的手，讓紅珠的手緊緊握著裝有食物的布袋。紅珠接下後，立刻將布袋斜背在肩上，像包袱一樣固定好。奶奶看到紅珠幹練的動作後相當滿意，問紅珠：

「妳知道今天是什麼日子嗎？」

「……不是2月4日嗎？」

「今天是立春，也就是說，春天開始了。」

奶奶握住紅珠冰冷的手，她的手非常溫暖。

「妳要活著，這煩人的雪也該停了。」

奶奶用力抱住紅珠，然後目送她上路。轉身前往張偉宅邸的路上，只聽得見紅珠的腳步聲。

這個夜晚十分寂靜、孤獨，下雪的冬天也即將結束。

18 逃脫

中國共軍占領區，張偉的宅邸，冬天

紅珠穿著僱人的衣服，站在張偉的西式宅邸前，附近站崗的中國共軍瞟了紅珠一眼，但紅珠不顧他的視線，表現出一副本來就被允許出入的樣子，堂堂正正地走進去了。這是很罕見的經歷。到目前為止，她的角色都只有難民而已，這次任務她卻不斷在做些違反個人原則的事情——先是去柳京的咖啡店當店員，現在竟然跑去張偉家當家庭幫傭——她曾經有這樣變換過角色嗎？這是三年來的第一次，而且是出於她的自由意志選擇的。紅珠想扮演好這個角色，上次跟柳京借來看的書裡頭，主角說新手會有好運。紅珠相信幸運會降臨在自己身上，正如所謂的「新手運」一樣。

「我來這裡是要完成指揮官交代的事情。」

擋在張偉宅邸門口的警衛揮了揮手，似乎聽不懂紅珠的話。由於警衛擋住去路，紅珠便展示穿在身上的制服，然後做出自己要進去的手勢，她心急如焚地拍著胸脯，警衛們苦思了一下子後，再次確認紅珠布袋裡的食物，便放她進去了。

紅珠慢慢深入張偉的宅邸內，發現周圍布署了許多警衛。雖然她只有跟張偉擦肩而過，但她覺得這個被稱為「惡魔」的人，實際上可能是個膽小鬼。張偉的大宅邸裡擺滿了很多物品，看起來是從中國帶來的，顯然他在挑選住處時，一開始就選定了這樣的地方。房子裝飾得相當華麗，不知為何卻讓人感到空虛，滿屋子都是東西，反而沒有餘裕。柳京提到張偉時，用的是「哄」這個詞，意思是說，張偉喜歡表現得不像在打仗一樣，還有聽說他非常殘忍，原本這令紅珠感到疑惑，這麼大的人又不是小孩子，但是當紅珠看到這個充斥著過多東西、反倒讓人感到空虛的房子時，似乎對柳京的描述有了理解的感覺。

紅珠裝作很自然的樣子在尋找廚房，面對警衛斜視的目光，紅珠露出微笑，好不容易才找到一樓的廚房。張偉的宅邸是一棟巨大的雙層住宅，一樓的警衛軍紀鬆散，二樓的軍人則一板一眼，從這一點來判斷，用餐地點應該是二樓。廚房裡瀰漫著肉香味，紅珠苦惱著該以什麼藉口進去他們用餐的地點，走進廚房後，把剩下的豬肉餃子裝在盤子裡，沿著樓梯爬上二樓，然後端著一盤餃子走向警衛最多的方向。雖然她看似從容地緩步前進，但實際上她的心跳極快，心裡想著：只要看到柳京還活著，我就會離開！只要看到就好！

紅珠笑著迎向站在二樓接待室門口的警衛，警衛看到紅珠身上穿的制服以及手中拿著一盤餃子，便敲了敲接待室的門，裡面傳來張偉生氣的吶喊聲。

「幹什麼？」

房間肯定發生了什麼事，在紅珠前面的警衛聽到張偉的聲音後小心翼翼地說。

「又送來了食物。」

那一瞬間，響起了槍聲。

槍聲讓紅珠的心一沉。

中國共軍占領區，張偉的接待室，冬天

「一直要假裝聽不懂，都快憋死我了。你這傻小子，現在才知道嗎？」

柳京那一串流利的中文徹底震撼了張偉；相反地，柳京在聽到張偉說要把自己逼上絕路後，就確定了一件事情，那就是此時此刻的他不會殺死自己。

正如柳京所確信的，張偉的槍在晃動。儘管張偉方才還威脅說，他不敢跟下屬說柳京是間諜，必須親手殺死，但是當張偉摔破盤子時，他的眼神卻正說著「拜託妳說不是」，那不僅是極致的憤怒，他的胸中更充斥著一股背叛感。張偉

更加靠近柳京，把槍口貼在她的額頭上，問道：

「妳都聽得懂我說的話？」

「當然了，我以前住在滿洲。」

柳京泰然自若的態度讓張偉眉頭緊鎖。

「原來妳就是間諜？從什麼時候開始？」

「從第一次見到你的那一刻起。」

柳京輕描淡寫的一句話讓張偉放聲狂笑，嘴角幾乎撐到了兩頰，他的舌頭像是黏在懸壅垂上一樣咯咯地笑，然而強烈的憤怒卻讓他的眼眶積滿了淚水。他的身體突然輕微地顫抖，手上拿著的槍也跟著稍微動了一下。

「妳是一個人嗎？」

「是，我一個人。」

「為什麼要這樣？」

「……現在在打仗嘛！」

面對柳京平淡的回答，張偉感覺自己的頭部好像被狠狠地重擊了一樣。

「本來我以為至少你可以理解……在打仗的時候什麼事都做得出來，這就是你的理論嘛！」

那一刻，張偉望著柳京，怒不可遏地厲聲大吼著。他的槍口更用力地貼在柳京的額頭上，另一手則抓住柳京的脖子。額頭上的槍口劃破了柳京的皮膚，張偉控制不住怒火，似乎就要掐斷柳京纖細的脖子。張偉的臉逐漸靠了過去，儘管如此，那充血的眼神，還是讓柳京感到心疼，她知道「這個人絕對不會殺我」。他好幾次都有機會能殺了她，柳京甚至還挑釁他，要他殺了自己。不知為何，柳京內心感到一絲內疚。她意識到：原來這個人是真心喜歡我。原來欺騙就是一件這麼沉重的事。

此時門外傳來敲門聲。

「幹什麼？」

張偉神經緊繃地回應，立刻轉過身去，聽到敲門的警衛突然提到食物。但是聽說傭人已經全部被辭退了……那麼，難道是……

就在那一刻，傳來了一記槍響。

❀ ❀ ❀

槍聲的來源是智遠。

當張偉把槍抵在柳京額頭的那一刻起，智遠就在思考，到底是張偉的扳機快，還是自己的扳機快。早在張偉看著柳京的時候，智遠就已經把手放在自己懷中的槍上，一隻手緊握著這塊冰冷的鐵，可惜張偉和柳京的距離實在太近了。他到底該射向哪裡呢？

張偉追問柳京時，柳京回答「我一個人」。那句話的意思是，現在在這裡會死的人只有一個，這也意味著柳京想要一個人攬下這一切，她和張偉對視後，一次也沒有迴避視線。智遠苦惱著，到底在這種情況下，他能使出什麼樣的解決方案呢？在這個房間裡的任何一個人，顯然都無法輕易改變此刻的局勢。

突然間，門外傳來敲門聲，張偉在回應那敲門聲時，姿勢動搖了。智遠沒有錯過這個絕佳時機，立刻掏出懷中的槍，迅速瞄準張偉的右肩開槍，子彈擊中張偉。張偉舉在右手裡的槍掉了下來，他的手按著肩膀，用布滿血絲的眼睛回頭望向智遠。

「你竟敢開槍？」

「我是隸屬於ＫＬＯ部隊的情報隊員姜智遠少尉，我就是這個行動的負責人。」

面對接二連三的背叛，張偉憤怒的同時，也隱約察覺到這一切的來龍去脈。從他跟柳京初次偶遇開始，一切就過於戲劇化，無論是即將倒閉的咖啡店、還是柳京特意展現的舞技和歌聲，一切似乎都是為自己而設的局。他明明知道，卻還是陷入了。如果這個女人是為了存活而利用我，那我也要為了娛樂而利用她——結果導致接二連三浮現的許多問題都被他視而不見。

所以才釀造了這個結果——眼前是持槍瞄準自己的部下，以及將盤子碎片放在自己脖子上威脅的情人。他是從什麼時候開始做錯的呢?應該就是從對情人付出真心的那一刻起吧。他喜歡她開朗的笑容,只要看到她的笑容,就能稍微忘卻自己正在打仗的事實。原本他是不知為何而戰,後來漸漸將目標鎖定為拯救這個女人,於是縱情地一點一滴陷入,最終無法自拔,才讓自己變成了現在這個狼狽樣子。

柳京將盤子碎片更靠近張偉的脖子,劃出一條細細的血絲。

張偉被柳京威脅的同時,外頭的警衛和女人在聽到槍聲後,倉促地開門進來。張偉對眼前的女人感到面熟,試著回想自己曾在哪裡見過她。很快地,他想起來了,她就是今天從柳京的咖啡店跑出去的那個女子。張偉想起部下曾提到咖啡店出現了另一名店員,沒想到這段時間自己居然忽略了這麼多的細節。

「如果想救活指揮官,就馬上離開這個房間,留下那個女孩。」

聽到柳京以流利的中文命令,警衛猶豫不決,他們望著被柳京抓著的張偉,希望張偉下令。此時,柳京小聲地對張偉說。

「我也要活下來，你也要活下來。」

張偉對警衛搖了搖頭。

「出去吧！我叫你們的時候再進來。」

警衛出去後，紅珠鎖上招待室的門，還為了避免門被輕易打開而將張偉從中國運來的重型傢俱都擋在門口。回頭一看，發現智遠已經脫下自己的中國共軍軍服上衣，將張偉的雙手綁在身後。一看到智遠，紅珠就想起了那個幾天前在柳京不在時經過咖啡店的男人，他應該就是柳京所說的ＫＬＯ部隊的少尉。在智遠將張偉的手綁起來的同時，柳京仍然將盤子碎片抵在他的脖子上，等到智遠讓張偉坐在椅子上，用槍口抵住張偉後腦時，柳京這才把盤子碎片扔在地上。因為一直緊握著盤子碎片的緣故，柳京的手已經被鮮血染紅了。

一切準備就緒後，紅珠趕來抱住柳京，然後摸著柳京的背，意思是，她活著真是太好了。

「我還以為妳已經逃走了！」

「我還沒有聽到妳的回答。」

柳京聽到紅珠的回答後笑了出來，果然是笨蛋紅珠會做的選擇，柳京放開紅珠的手環顧四周說：

「現在怎麼辦？」

招待室外肯定有警衛駐守，即使抓住張偉作為人質，三個人也絕對不可能衝下階梯離開此地。他們能活著離開這裡嗎？紅珠陷入沉思後回答：

「要逃跑啊！」

紅珠望向招待室的大窗戶，這間張偉喜愛的招待室裡有一面大窗戶，窗戶旁有白色的窗簾，那扇大窗戶緊連著後院。高度雖然令紅珠頭暈目眩，但顯然此刻他們只有這條路可以選。紅珠立刻撕開掛在大窗戶旁的白色窗簾，撕下的窗簾發出搭搭搭的聲響，柳京則負責撕開另一邊的窗簾。她們把兩片大窗簾接在一起後，往外拋到窗戶下面，但是長度還是不夠長，於是紅珠叫柳京抓住白色窗簾，然後走到餐桌前，一把抓起了鋪在餐桌上的桌布，桌上的盤子因為反彈的力道而紛紛掉落，那些盤子碎片甚至掉在正坐在餐桌旁的張偉腳邊。看著這些碎片，張偉只能露出自嘲的微笑。智遠俯視張偉，此刻被稱為「戰場惡魔」的他，顯得非常渺小。

把紅珠拿來的桌布接起來後，至少達到了可以跳落至地面上的長度。紅珠把繩子的末端綁在招待室大抽屜櫃的櫃腳上，同時，柳京將張偉掉落的那把手槍插進了腰間。張偉看向柳京，柳京感受到張偉的視線後，轉過頭去，向張偉道了一聲謝謝。

「謝謝你。」

這個感謝是真心的，作為一個情報來源，張偉很完美。

張偉突然笑了，然後問柳京：

「這就是全部……？」

張偉期待柳京最後能說出他想聽的回答。哪怕是現在也好，只要柳京說她不是在假裝，而是真心愛他，那麼他還是能夠選擇寬大地原諒柳京。可是連張偉自己都知道，這想法實在太愚蠢了。儘管如此，他還是期待著——難道過去三年的時間，真的什麼都不是嗎？

柳京出神地望著張偉片刻後，用手帕替張偉擦拭脖子上的傷口，那是剛才柳京用盤子碎片劃出的，柳京擦拭那傷口一點一滴滲出的血。

「我希望你也能活下來。……這句話是真心的。」

張偉的眉頭皺了起來，在他期待的答案中，只猜對了一半。真心，如果那是愛就更好了。即使說謊，柳京也沒有留下一點餘地。

「不能因為是在打仗就殺死所有人，你也是個很可憐的人，要好好活著。」

聽到柳京用流利的中文說出這樣的話，張偉笑了。自己完全被蒙在鼓裡，就像個孩子一樣。這段時間，他只看著自己想看的東西。不，即使責備過去那樣思考的自己也已經無法挽回了。不管怎樣，現在真的結束了。

「妳以為……可以從這裡逃走嗎？」

「要試過才知道吧？不管是什麼事情，都要試過才會知道結局。」

於此同時，紅珠傳來了已經準備就緒的訊號。抽屜櫃的櫃腳已經牢牢地固定了繩子，紅珠緊緊扶著抽屜櫃，以免它掉下去。柳京走到紅珠所在的窗邊，招手示意用槍抵著張偉的智遠過來。

「快點來。」

「兩位先下去吧！我會跟在後面。」

智遠斬釘截鐵地說。紅珠聽到那句話後，停下了腳步，柳京則已經準備好要立刻跳下去。紅珠望著智遠說。

「一起走比較好。」

智遠搖了搖頭，表示沒關係，柳京拉起猶豫的紅珠坐在敞開的窗戶邊上。

「跟他講那種話講不通，我們快點離開比較好。」

柳京先抓住了繩子，因為窗簾是白色的，柳京掌心上的血跡清晰地沾印在上面。紅珠在柳京下去的時候，負責在屋內將繩子拉得更緊。柳京從白色繩子的末端跳下，降落在後院，右腳好像卻在此時扭傷了，腳踝開始感到刺痛。柳京隱忍著痛意，對在高處俯瞰的紅珠用雙手比了個大圓圈。

紅珠向智遠輕輕行禮後，就看著柳京的紅色掌印向下跳，由於只抓著用窗簾做的繩子，底下看起來似乎更遙遠了。紅珠緊緊握著繩子，全身開始緊張地發抖，但此刻她不得不跳下去。稍微往下探頭一看，就看到柳京點頭表示沒關係，意思是說可以活下來，在這之前她得要戰勝這個痼疾「懼高症」才行。紅珠心跳飛速，地面似乎也在持續下沉，因此紅珠決定把注意力放在柳京留下的紅色掌印上，不要往下看，只一味盯著柳京在白色窗簾上留下的紅色血跡，接著專注在自己雙手該放的位置，然後逐漸往下滑，一個、兩個、三個紅色的手掌，就這樣一個接著一個，朝繩子的盡頭往下降。這時的她已經汗如雨下，加上因為手心出汗，幾乎快要抓不住窗簾，於是紅珠只好稍微把繩子纏在自己的一條腿上來維持平衡，就這樣好不容易抵達盡頭後，紅珠緊握著繩子的手終於放鬆，她終於安全到達地面了。人果然是生活在土地上的動物。

紅珠順利抵達後院就搖起了繩子，這是要二樓的智遠下來的訊號，可是就在這時，上面傳來了槍響。這個槍聲不在他們的計畫之內。

❀ ❀ ❀

當紅珠往窗戶跳下後，智遠問張偉。

「這房子有多少警衛？」

「我不太清楚，但你們無法輕易出去的。」

張偉咯咯地笑著，看起來充滿自信。智遠心想這是事實沒錯，苦惱著到底能用什麼方法拯救那兩個女孩。

「她們一定會被抓到的，難道包圍房子的警衛不會守後門嗎？」

智遠的表情變得僵硬，然後他把槍口對準了張偉的額頭。

「那麼，應該引誘一下吧？」

聽到智遠這句話後，張偉開始渾身顫抖。智遠那雙沒有感情的眼神令他害怕。這個男人會殺了我。張偉想起午餐時考驗智遠的場景，此刻智遠的表情和當時一樣。

「你要殺我嗎?你知道我是什麼樣的人嗎?」

「不是韓國人。」

智遠毫不猶豫地扣動了扳機,槍響後,張偉的頭無力地垂了下來。聽到那陣槍聲,警衛打開了被紅珠鎖住的招待室的門,智遠則躲在頭已垂下的張偉身後展開了槍戰,但是對方擁有的子彈數量太多,智遠在槍林彈雨中打得幾乎快要失去意志。最終,他沒能遵守與柳京的約定,他約定好要安全送她回去,此刻,他只希望柳京能平安抵達。

智遠的戰爭在那天晚上結束了。

一聽到上面傳來了槍響,柳京和紅珠便開始頭也不回地奔跑,霎時間,槍聲接二連三地響起,柳京心中有預感,那聲音是智遠發出的最後一個信號。**明明說好要一起活下來的**,柳京強忍著淚水,繼續向前跑,然後以更快的速度進入與智遠見面的那片樹叢。

智遠製造的槍聲引來大部分的警備衝上二樓接待室，但看守宅邸附近的幾名軍人卻跑向傳出聲音的後院。他們發現柳京和紅珠正往後山跑去，便開始追趕。

19 跑

三年前，訓練所，秋天

尹玉討厭跑步訓練，相反地，紅珠並不認為訓練很困難，反正不管是什麼訓練，總有一天都會結束，結束後就能吃到美國巧克力了。每當訓練結束時，她和尹玉兩人總是滿頭大汗地一起分享一塊香甜巧克力。又甜又苦的巧克力雖然不足以讓她們忘卻辛苦的一天，但是在融化之前，感受都是很幸福的。

當紅珠在跑步訓練中配合尹玉的速度奔跑時，尹玉喘著氣對紅珠說：

「妳先跑吧！何必白白挨罵呢？」

「要和妳一起跑，我才會少挨一點罵。」

紅珠輕輕推了尹玉的背，幫助已經跑得很累的她一臂之力。尹玉宣布要入伍時，尹玉的母親便曾拜託紅珠，說：「這孩子現在還搞不清楚狀況，拜託妳好好照顧她。」而且還是跪著對紅珠說。所以從那天起，只要看到尹玉，紅珠彷彿就能聽到尹玉母親的聲音。

「我很抱歉，好像是要叫妳一起去送死。我是壞人，我有個很糟糕的請求，拜託妳一起過去照顧尹玉。拜託妳了。可以嗎？」

紅珠看著尹玉氣喘吁吁跑步的背影後想了一想，她這麼沒有力氣，也不太會運動，何必來這種地方讓媽媽痛心呢？想到這兒，紅珠突然產生一股恨意，便敲了下尹玉的頭，然後迅速向前跑。結果尹玉被激起了好勝心，加速追在紅珠後面。

所有的訓練結束後，終於迎來和平的夜晚，尹玉和紅珠兩人並排躺在薄薄的床鋪上望著漆黑的天花板，尹玉小聲地對紅珠說：

「妳睡了嗎？」

「還沒。怎麼了？」

「別為我做些沒用的事。」

「什麼沒用的事？」

「不要試圖冒險救人。我不喜歡那樣。」

「我根本就沒有那種想法，妳少自以為。」

尹玉翻過身面向紅珠。她的臉充滿自信，她說自己的體力雖然還無法負荷訓練要求，但在實戰中肯定能發揮得很好，而且兔子最需要的訓練其實是降落訓練。這句話是在嘲弄唯獨在降落訓練中瑟瑟發抖的紅珠。紅珠聽完尹玉的話後氣得跳腳。

「降落哪有那麼重要？從那裡順利歸隊才重要。」

「降落不就是開始嗎？」

「活著回來才是最重要的，如果要活著回來，就要很會跑。」

「如果要回來不是得要先出發嗎？」

這是一場幼稚的口水戰。

後來有一天，尹玉在跑步訓練時，因為扭傷了腳踝而摔倒，緊跟在後的紅珠扶起了尹玉，她發現尹玉的腳踝已經紅腫。紅珠想叫教官卻被尹玉制止，她的意思是等訓練結束後再說。

「妳在做什麼？妳要馬上去保健室……」

「這個只要再跑一圈不就行了嗎？妳不是說回來最重要嗎……」

尹玉一拐一拐地再次跑了起來，於是紅珠跟在尹玉身邊一起跑。

「不要做傻事，不要逞強了。」

「妳在實戰中也要這樣嗎？」

尹玉一邊繼續跑，一邊問紅珠，像個孩子一樣跟紅珠吵了起來。即使尹玉提出令人厭煩的提問，紅珠依然跟在尹玉身邊，配合她的速度跑著。對於紅珠這樣的行為，尹玉更生氣了。

「不是啊！妳怎麼能配合落後的人的速度呢？妳要跑到前面啊！妳不是說過活著回來才是最重要的嗎？」

後來，紅珠對於自己說出的那句話後悔了無數次。並不是只有活著回來才重要。

❀ ❀ ❀

終於來到紅珠和尹玉執行第一次任務的日子。

降落傘在天空中撐開，紅珠降落到地面，降落傘隨之無力地垂下，她好不容易從吞下自己的降落傘中逃了出來，讓抖個不停的雙腿能夠打直、踩在地上。平安無事降落在一旁的尹玉抱住紅珠後就先行離開了。紅珠欣慰地看著尹玉向前走的背影，原來尹玉是個比她所想的還要堅強的孩子，不是，或許尹玉只有面對紅珠時才會那麼幼稚，因為更常動搖的人是紅珠。紅珠想了想：「我還沒有救過妳，但妳已經救了我很多次。」紅珠靜靜地看著尹玉走過的路，不知道過了多久，就聽見尹玉的慘叫聲。

原本紅珠正靠著樹根稍作休息，聽到尹玉的聲音後，便循著慘叫聲在雪地上拚命奔馳，快到心臟幾乎無法承受的程度。她在心裡反覆說著：「拜託妳一定要沒事。」

踩著深深的積雪跑去一看，紅珠發現尹玉在敵軍槍口下，她還活著！

「妳從哪裡來？」

「我只是難民。」

尹玉顫抖的聲音在敵軍面前完全派不上用場，敵軍早就看穿了。

「還有其他乘坐降落傘跳下來的難民嗎？」

敵軍的槍口逼近尹玉的額頭，紅珠腦筋一片空白，思考著如何才能拯救尹玉。紅珠小心翼翼地走向敵軍和尹玉所在的方向，然後跟尹玉四目相接。紅珠露出「沒事」的笑容，但尹玉卻希望紅珠不要靠近她。「就叫妳不要來救我了，這個姊姊一直不遵守約定！」當紅珠更靠近時，沒想到她卻踩到了被積雪掩埋的樹枝，樹枝斷掉的聲音在靜謐的冬日山中聽起來太大聲了。敵軍原本正把槍口抵在尹玉額頭上，聽到聲音後便試圖轉過頭去，但這時尹玉反而緊握住槍口，不讓敵軍發現紅珠。

「這女的，搞什麼呀！」

敵軍推開抓住槍口的尹玉，在一陣拉扯中射出了子彈。砰！子彈準確地貫穿尹玉的心臟。白色的棉衣滲出了紅色的血，開槍的敵軍嚇得逃走了，紅珠踩到樹枝後，嚇得躲在旁邊的岩石後面，沒想到竟然目睹到尹玉因自己而死的畫面。

白雪，紅血，還有在其中倒下的尹玉，這個畫面非常不協調，紅珠在尹玉旁邊默默地流下了眼淚。後來，紅珠用雙手鏟雪，挖出冬日山上堅硬的泥土，就這樣挖了好一陣子，挖到紅珠的雙手都是血，指尖也被磨出了血，但紅珠沒有感覺到任何痛覺，只是默默地把尹玉埋在那座山上。那天，紅珠在尹玉的墳墓旁睡著了。她多麼希望這是一場夢。不幸的是，這一切並不是夢，這一切是真實的。

每當夢到尹玉時，紅珠就會想，她應該要說「重點不是活著回來，而是和妳一起回來」。紅珠應該要告訴她：「我不是為了自己活命才躲在岩石後面的」。對紅珠而言，那是她此生最後悔的事。

從那以後，紅珠遇到許多的少女，她無法對她們說要一起回來。無法說出口的其中一個原因是，紅珠希望當她們必須放下紅珠一個人走的時候，她們能毫不猶豫地選擇生存下去，所以後來，她常說的是……

「我們都要活下去。」

現在，中國共軍占領區，山中，冬天

柳京明顯感受到了智遠的缺席。

山路極其險峻，完全無法想像這是以前和智遠一起走過的那條好走山路。紅珠跑在前面開路，柳京緊跟其後，原本穿著的漂亮皮鞋早就脫掉了，警衛們正從後面以極快的速度追趕過來，他們開出的幾聲槍響迴盪在山裡。

柳京剛剛從窗戶跳下來時，已經扭傷了腳踝，現在開始腫了起來，又麻又痛。儘管如此，為了活下去，她只能繼續跑。

紅珠跑在柳京前頭，持續在險峻的山路上找路，但她意識到後面柳京的速度明顯變慢了，回頭一看，發現柳京的步伐一拐一拐的，於是紅珠放慢速度，跑在柳京旁邊。

「妳在做什麼蠢事？」

「一起走吧！我們一起回去吧！」

紅珠輕輕推了柳京的背一下。儘管紅珠幫了一把，柳京還是感受到力不從心，自己的速度越來越慢，並且開始對一切感到後悔——如果剛才在咖啡店就先叫紅珠逃跑、如果沒有安排和張偉戲劇性的相遇、如果三年前在咖啡店聽進智遠的勸阻、如果她只滿足於燭臺的角色、如果她承認自己再也找不到妍熙，那麼現在會變得如何呢？智遠死了嗎？現在她能保住身旁的紅珠嗎？柳京的思緒錯綜複雜，太多的可能性已經發展到她無法想像的領域。

無論是岩石、大樹還是溪谷，紅珠都能找到藏身之處，但是，繼續這樣跑下去，遲早會被抓到的，在一切都乾涸的冬季山中，連個小小樹叢都看不到，這裡到處都是光禿禿、沒有葉子的樹木。繼續跑下去，能結束這場追逐嗎？紅珠扶著柳京幾乎像是抱著走似地拉著她。後面又傳來了一陣槍聲，紅珠和柳京為了躲避子彈，刻意在樹木間穿梭。

已經跑了多久呢？她們跑到樹木更加茂密的山中，為了喘口氣，各自躲在大樹後面。在深山裡槍聲也減少了，周遭變得安靜，只傳來警衛漸漸靠近的腳步聲，踩雪的聲音悄然響起。紅珠看到柳京躲在自己旁邊的樹上，便用唇語說「數到一、二、三就跑」，柳京笑著點了點頭，然後用唇語說：

「妳要活下來。」

紅珠點點頭，用唇語回答：

「妳也是。」

暫時喘口氣後，紅珠看向柳京，用唇語說「一、二、三」，然後開始跑了起來，後面接連傳出幾聲槍響。紅珠只管向前衝，冬風拂過紅珠的鬢角，在寒冷的天氣裡，因為緊張而流出來的汗水也逐漸冷卻。過了好一會兒，槍聲消失殆盡，紅珠露出從容的微笑往旁邊一看，倖存的安心感圍繞著紅珠，但是她發現，柳京竟然不在她身邊。這時紅珠才意識到柳京沒有一起跑過來，她急忙回頭看，卻已經找不到柳京的蹤影，柳京竟然消失在這個無藏身之處的冬季森林！

紅珠返回原來的路，腦中浮現柳京所說的「妳要活下來」這句話。拜託妳也要活著！拜託！紅珠跑得比平時更快，她絕對不會留下柳京獨自一人。

紅珠轉身回到自己方才跑過的道路，抵達了剛才兩人躲藏的樹木茂密之處，紅珠的視線被那些樹木間的積雪吸引，接著就發現一道長長的血跡——白雪地上的紅色血跡再次填滿了紅珠的腦海，紅珠的腦中嗡嗡作響。這令人厭煩的紅色血跡一直在追趕著紅珠，這次又沒能一起走，她本來還相信這次一定能救下柳京，本來相信兩人可以一起活下來的……紅珠手腳發麻，然後以這種狀態癱坐在地，她的腳深深陷進雪堆裡，白雪、紅血，紅珠把沾滿鮮血的雪摟在懷裡。

「妳說過很想上台表演，這樣神不知鬼不覺地消失，是要我上哪裡找？妳的夢想不是當上主角、獲得掌聲嗎？現在怎麼辦？到底去哪裡了？因為妳叫我想像，所以我試著想像某天看到妳擔任主角，我已經決心要再次為妳鼓掌喝彩，但妳只留下了紅色的血跡就消失了。」

嗒嗒嗒、嗒嗒嗒。飛機引擎聲正從遠處逐漸逼近。

紅珠望著天空，黑暗的夜空，被沉重的鐵包覆的飛機就跟那天一樣，從紅珠頭上掠過，就是遇見該死的白兔的那年夏天。

轉眼間，空襲開始了，轟炸聲掩沒了紅珠的吶喊。

現在正在打仗，誰死了都不奇怪。

十五分鐘前，中國共軍占領區，山中，冬天

柳京躲在樹後，一直在想著剛剛扭傷的右腳腳踝。不對，就算她能忍著腳傷繼續走，但剛才她已經被追來的警衛射到，狀況也很危險，子彈已經貫穿腹部，血流不止，照這樣下去，就算僥倖逃走，在抵達我軍基地前還是必死無疑。柳京想，鮮血不斷流出時，身體越來越冰涼的感覺就是死亡嗎？她很想重新回到舞臺上，卻始終沒能如願，這件事即使死了也會留下遺憾，不如下輩子換個更容易實現的夢想吧！但是，應該沒辦法吧？下輩子她應該還是會對那些閃亮的東西懷抱夢想，那麼這輩子她要怎麼死，才算是好好地死呢？最重要的是，紅珠一定無法放棄這種狀態的她。她明明可以一個人活著回去的……

一旁的紅珠已經做好了要逃跑的準備，柳京把手伸向了自己腰間插著的張偉的手槍，哪怕只有一點時間，也要為紅珠爭取，讓她能逃跑，就算真的只是一點點，紅珠應該也能存活下去吧？那麼，這種方法是不是可以說是好好地死呢？從未使用過的槍的觸感反而讓她感到溫暖，這表示她的身體正在失溫，她已經失血過多，神智恍惚了。紅珠要趕緊出發，我才能在最後扮演我的角色。慶幸的是，還能表演《獄中花》的結局給紅珠看。即使只有一名觀眾，她已經得到掌聲，這就足夠了。

就在紅珠跑起來的那一刻，柳京向警衛扣動了扳機，就像田徑比賽中的鳴槍一樣，當槍聲在山裡響起時，紅珠就向前跑，柳京則奔向她負責的方向。

20 歸隊

轟炸前一天，首爾，美軍野外醫院，冬天

賢浩在自己的病床上開始整理行李，在他收拾的時候，日華走到賢浩身邊，坐在賢浩的病床上問：

「這麼快就要回基地嗎？」

「嗯。」

「現在你的傷還沒痊癒……還要繼續消毒，繃帶也要一直換……」

「紅珠會回那裡，所以我應該要在那裡等。」

賢浩的聲音非常堅決，日華無可奈何地從病床上下來，並說道：

「那我們一起去吧！我會繼續幫你換繃帶的。」

「太危險了，讓我一個人去吧！」

「我也想見紅珠姐姐，走啦！一起走吧！」

日華替賢浩打包行李。賢浩試圖說服日華待在首爾更安全，要她留在這裡，可是即使勸說了很久，日華也一點都沒有被說服的跡象。

「那裡更需要人，還有，要是紅珠姐姐回來時傷得太重怎麼辦？應該要治療她啊！那個姐姐有時候搞不清楚自己的身體狀況，像個傻瓜一樣，所以需要像我這樣的人。」

就在賢浩和日華為了重返前線基地而等待卡車時，新的病患被送進野外醫院。那是從平壤南下的允貞情報員，聽說在她乘坐卡車前往首爾的路上，卡車誤觸地雷而被炸翻了。賢浩認出因肋骨骨折而送醫的允貞，並向她問候。允貞還在喘著氣，賢浩緊緊握住她的手。

「辛苦了。」

雖然不會有生命危險，但聽醫生說她傷到喉嚨，不能再像以前一樣發出清亮的聲音了。賢浩想，我失去了腳，妳失去了喉嚨，為什麼我們要失去這麼多東西呢？所以，不要讓我們失去一切，拜託了。

接著，等待已久的軍用卡車抵達，賢浩和日華帶著前線基地所需的醫藥用品，前往基地迎接紅珠。

大規模轟炸十天後，KLO部隊前線基地，冬天

日華開始在部隊內的簡易病房幫忙，因為在她的肋骨傷勢完全痊癒之前，不會被列為情報隊員。日華雖然受傷了，但還是掌握著部隊內的氣氛。如戰爭禁忌般的笑容，對日華來說易如反掌。然而，日華最近非常在意的人是勝熙，因為勝

熙是個不輕易笑的人。無論日華怎麼逗她笑、說笑話給她聽，勝熙都不怎麼回應，所以話題很難延續。儘管如此，日華也不會放棄，所以日華一直追著勝熙，關心她的心情、邀她一起玩抓石子游戲、一起去洗衣服、替她的傷口擦藥膏等，用各種理由纏著勝熙。

「到底為什麼要這樣纏著我？我很討厭這樣，現在不是在打仗嗎？或許明天，不，一個小時後這裡就要被轟炸，我們都會死，紅珠姐姐也死了。」

「所以更不能那樣啊！妳直到最後都要哭喪著臉嗎？因為現在在打仗？那算什麼原因。大家只是適應戰爭罷了。如果要贏過戰爭，就要選擇戰爭不喜歡的，還有紅珠姐姐一定會活著回來的。」

日華堅信紅珠一定會回來。雖然可能有人會嘲笑她，說她是戰爭中的樂觀主義者，但這種樂觀才是她能活下去的動力。已經來到二月了，冬天即將邁向盡頭，感受著逐漸回暖的天氣，日華確信紅珠一定會回來。因為對於日華來說，紅珠就是這樣的存在。日華想留在紅珠身邊。

賢浩每天都練習用枴杖走路，現在已經可以走得很快了，他不想再落後了，他經歷過太多次的落後，他太清楚那種什麼都做不了的心情，所以他想要擺脫這種情緒，此刻的自己無論如何都想要好好克服這一切。日華協助賢浩復健，他們兩個人是這個基地裡唯二相信紅珠會回來的人，其他人對於紅珠能夠平安歸來則不抱期待。

賢浩和日華再次回到前線基地，最先聽到的消息是關於最近的空襲作戰大獲成功，戰友們高興地說，空襲造成敵軍龐大的損失。賢浩聽到這則消息，卻高興不起來，從那天開始，賢浩每天都在等待紅珠回來，可是一週都過去了，還是沒有看到紅珠的身影。

距離大規模轟炸結束已經過去十天，隔天，唯一回到基地的那位兔子，便是紅珠。紅珠回來時早已疲憊不堪，手腳傷痕累累。一到達基地，部隊內的所有人都非常高興，賢浩一拐一拐地最先跑過來抱住她，和往常一樣，賢浩所有的擔心都在看到紅珠的瞬間消失了。一起住在宿舍的少女、美軍和約翰少尉都真心歡迎生還的紅珠。日華抱著勝熙高興地跳了起來，因為紅珠沒有死，勝熙也覺得自己原本沉重的心情逐漸融化。在這個時代，一個人的生存竟能成為如此強大的力量。曾經被稱作難搞的紅珠，如今被冠上了「奇蹟」的美譽。

大家都在慶祝紅珠奇蹟般歸來，然而，人群中卻只有紅珠不停流著淚。部隊的人表示，轟炸作戰成功，紅珠在作戰中也奇蹟似地生存下來，這就是雙喜臨門，還說這場令人厭煩的戰爭即將結束。興奮的人群中，只有紅珠傷心地哭泣著，無論是日華還是賢浩，他們似乎以為那是安心的淚水，紛紛笑著替紅珠擦去了眼淚。

不是的。隊員們說這是喜事，但是他們的笑聲和掌聲，都無法傳進紅珠的耳裡，紅珠的腦海中清晰地浮現出大規模空襲的那日，她只有恐懼而已，還有白雪上鮮明的血跡。

紅珠很想念柳京，總是止不住地流淚。

❀　❀　❀

紅珠回來沒多久後，基地內舉行了聯合婚禮。雖然婚禮很簡略，但這一天卻意義非凡，是七對戀人正式宣布成為夫妻的日子。基地久違地傳來了眾人的笑聲。儘管戰爭還在繼續，但這些片刻時光是他們能握住的一絲希望。

賢浩受準午邀約出席，紅珠則受美珍邀約出席，日華攙扶著身體尚未痊癒的紅珠。十四位年輕戀人向各自的伴侶許諾未來。紅珠雖然目視著他們鼓掌，可是她對未來卻相當茫然，不知道自己該怎麼生活。戰爭結束後要做什麼呢？那個對未來懷抱夢想的柳京已經不在了。紅珠意識到自己從未描繪任何未來，她沒有要守護的人，也沒有要做的事情。在那些許諾幸福未來的眾人之間，紅珠似乎成了一座孤島，與他們逐漸遠離。

這時，美珍走近了紅珠。

「要摸摸看嗎？」

「哪裡？」

美珍拉起紅珠驚慌失措的手，放在自己的肚子上，美珍的肚子動了一下。

「這是我的孩子。會在今年春天出生。」

紅珠覺得胎動很神奇，便繼續摸著美珍的肚子，同時美珍也摸著紅珠的頭。

「妳能回來，真是辛苦了。看到妳回來，我總是想著準午也會像妳一樣回來，所以才能撐到現在。謝謝妳。」

肚子裡的孩子似乎也在道謝，又往紅珠撫摸的方向動了一下。

戰爭結束後，紅珠的村莊，秋天

春天傳來了某國元首死亡的消息，令人厭煩的戰爭真的開始有了結束的跡象，這場血流無數的戰爭，最後在幾個紅印章下結束了。

情報隊員被命令解散，大家紛紛四散，沒有軍人編號，連名單也被刪除了。所有參與情報作戰的人就這樣被抹去，彷彿什麼事都沒發生過一樣。情報，正如其名，是需要偷偷進行的，所以不應該留下任何證據，現在也不會有人記得了，就像紅珠忘記刻在櫃子裡正字記號的人的名字一樣，柳京的名字也會像這樣漸漸被世界遺忘。

「紅珠姐姐要去哪裡？」

日華問紅珠。紅珠再怎麼想，還是無處可去，無論是以前尹玉在的故鄉、柳京的表演場地、或是我軍的基地宿舍，現在這些地方都不是紅珠能回去的地方了。

「這個嘛，看我走到哪裡囉！到現在為止，我都只去被派去的地方。」

因此，戰爭結束後紅珠無處可去，只能流浪。缺乏生活費時，就賣掉美軍提供的補給品來補足，夏季即將結束，紅珠依然還沒決定要去哪裡，走到哪就活動到哪。難怪，所以柳京才會那樣說啊！紅珠深刻領悟到為什麼柳京叫她要先想想戰爭結束後自己想做的事情。柳京說要經常想像。因為紅珠一次都沒有做過，所以在晚上兩人並排入睡時，柳京就教紅珠如何想像，然後咯咯地笑著說，她竟然在教別人怎麼想像，真是太搞笑了。那是柳京特有的明朗笑容。在流浪的盡頭，紅珠回想起那天，想像了戰爭結束後自己想去的地方。

於是紅珠按照柳京教的方法想像，在想像中出現的是紅珠的故鄉。

有一天，柳京說：「希望妳能前往妳所想像的那個地方，因為我會回到我想像中的舞台。希望我們能到達各自想像的地方，然後又……如果能以夥伴的身分重逢就好了。」

溫暖的茶、晃動的燭火、柳京的眼神、雪落在倉庫上的聲音——幸福的場面充滿了紅珠的腦中，紅珠終於下定決心出發。

帶著這股微妙心情回到故鄉，紅珠發現這裡和以前幾乎一模一樣，過往空襲的痕跡已經在不知不覺中被抹去。紅珠回到自己住過的草棚，然後仔細觀察，三年過去了，這裡還是蠻乾淨的。就在這時，尹玉的母親進入了草棚，尹玉的母親看上去比三年前還更消瘦。她見到紅珠後淚流滿面，張開雙臂，紅珠則站在原地，猶豫不決。

「沒關係，親愛的。我一直在等妳。」

聽到這句話，紅珠慢慢走近，投入了尹玉母親的懷抱。尹玉的母親說，戰爭明明已經結束了，紅珠卻遲遲沒有回來，令她很擔心。她很久以前就聽說了尹玉的死訊，但是因為紅珠並非她的親生女兒，她以為是這個原因，所以才連一點關於紅珠的消息都沒有傳遞，為此每天都在擔心。看來是因為擔心，人才瘦了這麼多。紅珠在尹玉母親的懷裡傷心地哭著道歉，尹玉的母親則像是回應般，將紅珠緊緊抱在懷裡。

意思是，謝謝妳活著回來。

終於，紅珠的戰爭，徹底結束了。

結尾：三年後

惠化國劇劇團，表演場地，春天

「在這裡！這裡！」

賢浩在表演場地門口前揮手致意，表情就像是小狗等待主人那樣開朗，而日華就站在賢浩身邊，完全是個成熟女人的模樣。三人見面的地方是惠化國劇劇團表演場地門口。最近惠化國劇劇團的表演蔚為風潮，一票難求。幾天前賢浩突然聯繫紅珠，說他買到時下最流行的國劇劇團演出門票，邀紅珠一起去看。賢浩完全不知道關於柳京的事情。從那天以後，紅珠只是把柳京的名字埋藏在心底，對於賢浩單純一起看表演的邀約，紅珠回答說「知道了」。畢竟春天來了。

賢浩目前在某個女子學校擔任英語老師，他說能夠讀書、跟孩子們在一起，真的很開心。日華則是在戰爭結束後，立刻就讀護士學校，正在準備擔任護士，她依然開心地笑著。

「我們好像在戰爭中找到了適合自己的東西。」

另外，紅珠在家鄉務農，與尹玉的母親待在一起。付出多少努力，土地將會如實地以生命報答，這正是紅珠需要的。過去，紅珠不管怎麼努力，仍然失去許多生命，如今好不容易找到了平靜的日常生活。偶爾紅珠會想起柳京，她正在盡力慢慢放下，在那些離開的兔子們的名字中，她想再記得久一點。

戰爭結束後，所有人的名字都太輕易地消失了，因為他們是情報部隊，沒有軍人編號，連名單都沒有，任何人都不知道他們是情報隊員。現在連國家也是一樣，紅珠參戰後帶回來的只有美軍補給品，已經沒有什麼東西可以證明他們曾待在那裡。賢浩甚至接到命令說，退伍後要重新入伍。還好受傷的腳成了免役條件，不用再重新入伍。他們的名字太多，很容易遺忘，所以在退伍之前，紅珠最後一次數著自己櫃子裡的正字記號，決定要永遠記住這個數字。

❀ ❀ ❀

為期三年的戰爭結束，眾人的傷痕逐漸在癒合，有些是主動忘記的，有些是被遺忘的，有些則是被新的記憶所覆蓋的，正因如此，紅珠覺得去看場國劇演出也不錯。

在表演場地門口看到久違的賢浩和日華，現在可以用更輕鬆的心情面對他們了。表演開始前，他們三個人大笑著交談，高喊著說要先講自己的事，那個鬥嘴的樣子就像小孩子一樣。過去曾那麼期盼的日常生活，如今又回來了。

可能是因為距離上次看表演的時間隔了很久，紅珠相當緊張，她想起了和東珠一起來的那一天，那天真的很有意思。就在紅珠陷入沉思時，介紹人宣布表演即將開始，觀眾席的燈光滅了，只有舞臺上的燈光打開。惠化國劇劇團的演出座無虛席，觀眾們無不聚精會神。在明亮的燈光下，演員一一登場，舞台上的演員閃閃發光，聲音、舞蹈和表演都美極了。

我能做蝴蝶夢嗎？若我無法見你，成了獄中孤魂，有誰知道生前死後的這些怨憤？哎喲，真鬱悶！明日啊！將來怎麼辦才好，任何人都無法知曉。

來到《獄中花》最後的高潮，紅珠想起了柳京的祕密基地，她能想像站在舞台上的柳京是什麼模樣。

表演結束後，紅珠、賢浩、日華一起去附近的餐廳吃了熱騰騰的飯。街上人滿為患，孩子嘻笑跑跳，天空中聽不到飛機的聲音，地上也感受不到軍用卡車的震動。真正的春天來臨了。

那天，紅珠彷彿在舞台上見到了飾演男主角的柳京。

是真的嗎？還是想像？她已經無法確定了。

【終】

作者的話

２０２０年，我在某個綜藝節目中，第一次得知韓戰時期有少女情報員的事情。在那之前，我從來不曉得，甚至從未想像曾發生過這樣的事情，我到那天才明白自己有多不瞭解韓戰。為此，我想重新審視戰爭後消失的故事，當作一種反省，於是這個故事就此誕生了。

為了撰寫這篇故事，我仔細閱讀了許多論文、書籍、新聞報導和採訪，但是有關ＫＬＯ部隊的資料，其中有很多缺漏，尤其是關於少女情報員的研究和資料並不多。所以這個故事雖然是以史實為原型，但很多地方明顯是虛構的，所有的缺漏都是我以想像來填補。如果我的想像中有嚴重的錯誤，我很希望能被指正。若能透過這樣的指正，讓不瞭解那個時代的人，包含我在內，清楚明白其中隱藏的故事，那麼就足夠了。

在戰爭時期不得不互為監視者的紅珠和柳京，兩人相遇後，卻成為了夥伴，我想透過這個故事傳達「想像未來」的力量有什麼意義。在那個時代，一切都因戰爭而輕易消逝，我一邊回顧那個時代，一邊省思當時的人們因時代狀況而失去的東西。那個時代已經失去了太多，實在無法僅用一個詞來定義。

經過長時間的思考後，我選擇了「未來」——實現夢想的未來、和戀人約定共度一生的未來、和家人一起生活的未來，不論是哪一種未來，如果連未來都無法想像，那會怎樣的情境呢？

我們有時會因為各種情況而忘記該如何去想像未來，過去是如此，現在也是如此。但是，希望你不要忘記，我們總是能夠想像出更美好的未來。就像紅珠最終想像並找到自己心目中的未來一樣，希望讀者們也能想像自己想見到的未來。還有，我會為你加油，希望你真的能夠走向那個美好的未來。

感謝評審委員們看見《行動代號：兔子》的優點，也很感謝家人一直支持我，讓我能夠想像出更美好的未來。

2023年4月

高慧瑗敬上

國家圖書館出版品預行編目(CIP)資料

行動代號：兔子 / 高慧瑗著；葛瑞絲譯. -- 初版. -- 新北市：大樹林出版社, 2024.04
面；　公分. -- (讀小說；5)
譯自：래빗
ISBN 978-626-98295-2-1(平裝)

862.57　　　　113001146

系列／讀小說 05

行動代號：兔子

래빗

作　　者／高慧瑗（고혜원）
譯　　者／葛瑞絲
總 編 輯／彭文富
編　　輯／賴妤榛
校　　對／邱月亭
封面設計／虫羊氏
排　　版／菩薩蠻數位文化有限公司
出 版 者／大樹林出版社
營業地址／23357 新北市中和區中山路 2 段 530 號 6 樓之 1
通訊地址／23586 新北市中和區中正路 872 號 6 樓之 2
電　　話／(02) 2222-7270　　傳　　真／(02) 2222-1270
E-mail／notime.chung@msa.hinet.net
官　　網／www.gwclass.com
FB粉絲團／www.facebook.com/bigtreebook
發 行 人／彭文富
劃撥帳號／18746459　　戶　　名／大樹林出版社
總 經 銷／知遠文化事業有限公司
地　　址／222 新北市深坑區北深路三段 155 巷 25 號 5 樓
電　　話／02-2664-8800　　傳　　真／02-2664-8801
初　　版／2024 年 04 月

定價／350 元　港幣／117 元　ISBN／978-626-98295-2-1